KB072694

敎敦 神文 慶陽 正洵

천미신교
낙양지부

천마신교 낙양지부 5

정보석 新무협 판타지 소설

초판 1쇄 찍은 날 § 2017년 9월 8일
초판 1쇄 펴낸 날 § 2017년 9월 15일

지은이 § 정보석
펴낸이 § 서경석

편집책임 § 이선근
편집 § 김슬기

펴낸곳 § 도서출판 청어람
등록번호 § 제387-1999-000006호
등록일자 § 1999. 5. 31
어람번호 § 제2-2720호

주소 § 경기도 부천시 부일로 483번길 40 서경B/D 3F (우) 14640
전화 § 032-656-4452 팩스 § 032-656-4453
http://www.chungeoram.com
E-mail § chungeorambook@daum.net

ISBN 979-11-316-91445-5 04810
ISBN 979-11-316-91369-3 (세트)

5

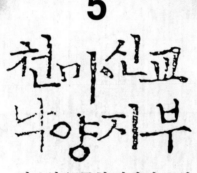

천마신교
낙양지부

정보석 新무협 판타지 소설

FANTASTIC ORIENTAL HEROES

도서출판 청어람

轟神慶丁
動文陽陶

천마신교
낙양지부

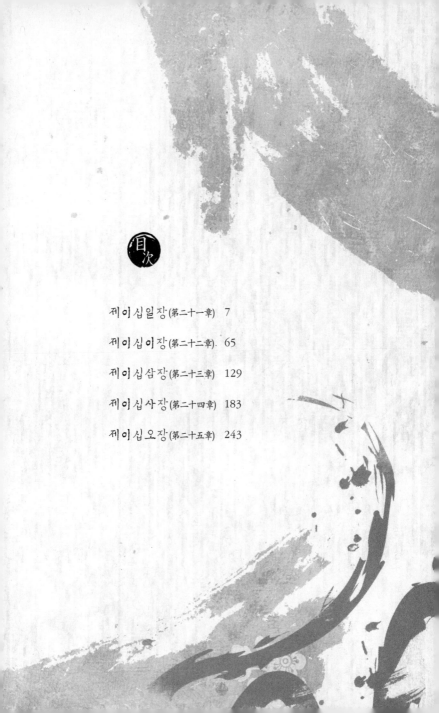

目次

제이십일장(第二十一章)

피월려는 우선 지부의 북문으로 나가야 한다는 주하의 말을 듣고, 그녀의 뒤를 졸졸 따라갔다.

복도를 걷는 도중, 어느 순간 복도의 색이 초록색으로 변했다.

피월려는 지금까지 한 번도 복도의 색이 변하는 것을 본 적이 없었기 때문에, 염려스러운 마음이 들어 물었다.

"주 소저."

"무슨 일이십니까?"

"복도의 색이 초록색으로 바뀌었는데, 왜 그런 것이오?"

"아, 이곳은 처음 와보십니까?"

"그렇소."

"지금 우리가 가는 쪽은 북쪽 외곽 출구인데, 외곽 출구로 향하는 모든 복도는 초록색으로 되어 있습니다. 한번 이곳에 들어오면, 정해진 출구 외에는 다른 곳으로 갈 수 없게 됩니다."

"외곽 출구라 함은, 성 외곽을 뜻하는 것이오?"

"네. 교주님은 낙양에 홀로 오신 것이 아니라 흑룡대 전원과 함께 오셨습니다. 아무래도 소림파가 코앞에 있는 낙양시내로 들어오시는 건 무리가 있으시겠지요."

"흑룡대는 그 오십여 명 전원이 절정고수라는 전설적인 집단이 아니오?"

"잘 아시는군요."

천마신교는 그 크기가 거대하기 때문에 그 안에 수많은 무력 집단이 있을 수밖에 없다. 그런 무력 집단 중 가장 최고로 손꼽는 흑룡대는 총 오십여 명의 지마급 마인으로 이뤄져 있다.

지마 혹은 절정이라는 뜻은 인간의 한계를 모두 이룩한 초고수들이며, 홀로 문파를 세워 제자를 받아들여도 이상할 것이 없는 수준의 사람들이다. 실제로 중소문파의 장문인들은 대부분 절정급에 속하며, 구파일방 정도 되는 거대한 문파는 되어야 초절정의 고수가 장문인이나 장로로 있다.

그런 정도의 고수들이 하나의 전투 집단을 이뤄, 하나의 명령 아래서 움직이니, 그 위력을 가히 말로 다 표현할 수 없다.

이는 단순한 덧셈으로 생각하여 절정 오십이라 말할 수 없다.

오로지 전투를 목적으로만 하는 특공대라는 점이 그들의 무력 수위를 가늠하기 어렵게 만들었는데, 유일하게 알려진 점은 흑룡대 오십여 명이 움직이는 것은 곧 천마신교 2할의 힘이 움직인다는 것이다.

만약 천마신교 교주가 그들을 직접 움직인다면, 구파일방의 중심인 소림파와 정면 대결을 해도 절대 밀리지 않을 것이라 많은 강호인들이 추측했다.

아무리 항마의 무공을 지닌 소림파라고 하나, 십팔나한에 노승들의 숫자를 더한다 할지라도 그들의 숫자가 오십은커녕 삼십을 넘지 못하기 때문이다.

피월려는 단도직입적으로 물었다.

"혹시 교주님께서는 소림파와 일전을 위해 이곳에 온 것이오?"

만약 그렇다면, 그 즉시 흑백대전이다.

많은 무림인이 피를 흘릴 것이고, 범인조차 그 영향에서 벗어나지 못할 것이다.

다행히도 주하는 고개를 돌렸다.

"그건 아닌 듯합니다. 자세한 사항은 잘 알 수 없으나, 본 교의 배신자를 추살하다 여기까지 온 듯합니다."

"추살? 본 교에서는 어째서 교주께서 직접 추살에 참여한단 말이오?"

"재밌을 것 같으니까요."

피월려는 귀를 의심했다.

"재미? 무슨 뜻이오?"

"성음청 교주께서는 그런 분이십니다. 교주님의 말을 빌리면, 천마신교에서 가장 재미없는 직책이 교주라 했습니다. 그분은 역대 다른 교주분들과는 매우 다른 독특한 성정을 지니셨습니다. 아마, 만나보시면 바로 아시게 될 것입니다."

앞장서서 걷는 주하의 표정은 보이지 않았지만, 피월려는 그녀가 분명히 얼굴에 미소를 그렸을 것으로 생각했다. 말투에서 그녀의 감정이 묻어나왔기 때문이다.

그렇게 오랜 시간이 흘렀다. 낙양의 중심지에서 북쪽 외곽까지 걸어가야 하니 적어도 반 시진은 빠르게 걸어야 가능했다.

피월려가 점차 짜증이 나 불만을 표하고 싶어질 때쯤, 사각형으로 된 복도의 모습이 조금씩 그 반듯한 형태를 잃어가더니 곧 구불구불한 동굴로 바뀌었다. 조금 더 걸었더니 복도는 완전히 동굴처럼 변해 버렸고, 앞쪽 멀리에 햇빛이 들어오는 출구가 보였다.

고요했던 복도가 각종 벌레소리와 새소리로 채워졌고, 다채로운 색을 가진 숲이 눈앞에 펼쳐졌다.

공기 속에는 맑은 기운이 풍만했고, 자연의 만기가 온 세상에 넘실거렸다.

그들은 산에 도착했다.

주하는 걸음을 멈추지 않았고, 피월려도 계속 그녀를 따라갔다.

그들은 미세하게 경사가 진 곳을 조금씩 올라가며 북쪽으로 향했는데, 걸으면 걸을수록 서서히 산의 정기가 사라지고 마기의 농도가 진해졌다.

가까운 곳에 마인이 있는 것이다.

처음 그 마기의 근원이 되는 마인이 나타난 것은 한적한 공터에 홀로 선 나무 위였다. 흰색이 더러 섞여 있는 긴 머리카락을 모아 뒤로 묶어 올려, 학자와도 같은 포근한 인상을 자랑하듯 뽐내었는데, 왼쪽 입가에서부터 오른쪽 이마까지 난 긴 상처만 아니었으면 어디 하나 흠잡을 데 없는 깔끔한 얼굴이었다.

숲의 바람을 느끼면서 휴식을 취하던 그가 감고 있던 눈꺼풀을 서서히 들어 올리자 그 속에 있던 무심함을 담은 눈동자가 움직이더니 주하와 피월려를 주시했다.

그러고는 다시 눈을 감았다.

그 나무를 지난 피월려가 두 번째로 만난 사내는 자신의 검을 갈고 있었다.

소름이 돋는 쇳소리를 즐기는 듯, 작은 미소를 머금은 그 남자는 없는 왼팔을 대신해서 솟아나 있는 갈고리와 같은 것으로 검을 고정하고 있었다.

그 뒤로 가면 갈수록, 기상천외한 모습의 남자들이 곳곳에서 나타났다. 귀가 없는 자, 자기보다 두 배는 큰 무기를 가진 자, 얼굴이 온통 푸른 자, 게다가 장님까지……. 상상을 초월하는 모습들이다. 그러나 모두 색다른 외형을 가진 그들의 공통점은, 피월려와 주하의 등장에 대한 반응이었다. 그들은 하나같이 어떤 일에 몰두하고 있다가, 주하와 피월려가 나타나면 시선을 한번 슥 주고 나서 다시 하던 일에 집중해 버렸다.

한 지역의 기류를 마기로 뒤덮어 버리는 수준의 강대한 마공의 소유자들은 주하와 피월려가 자기 앞을 걷든 뛰든 전혀 상관하지 않았다.

마기는 가면 갈수록 짙어만 졌고, 피월려의 극양혈마공은 그것에 동하여 조금씩 들끓기 시작했다. 피월려는 눈을 살포시 감고 성장된 용안의 위력으로 차분하게 마음을 다스렸다. 그리고 다시 눈을 떴다.

그의 눈에 처음 들어온 것은 저만치 멀리에서 큰 바위 위에 앉아, 그를 뚫어지게 응시하는 선녀였다.

주하의, 진설린의, 서린지의, 초류아의……. 그가 세상을 살며 본 그 모든 아름다움을 한데 묶어 모은 미(美)의 핵(核)이다.

그 순간, 극양혈마공은 용안의 통제를 벗어나 해일과 같이 그의 정신을 덮쳤다. 살심이 들끓고 정신이 혼란스러운 것이, 마기에 지배당할 때와 같은 느낌이 고스란히 전해졌다. 용안은 마음속 가장 깊은 곳에 급히 방어막을 쳐, 피월려의 정신을 보호했다.

피월려의 육체는 마기에 오염되었으나, 그것을 통제하는 그의 정신은 티끌만큼도 더럽혀지지 않았다.

피월려의 눈에서는 마광이 뿜어졌고, 그 마광은 성음청의 거짓 가면을 모두 꿰뚫었다.

선녀는 사라졌고, 20대 초반으로 보이는 여자가 나타났다. 선녀의 환상적인 아름다움은 사라졌지만, 쾌활한 젊음이 살아 숨 쉬는, 깨끗함이 돋보이는 얼굴이었다.

성음청이 말했다.

"호오? 아무리 역혈지체를 이뤘다고 해도 처음 당하는 색

살살소(色殺薩笑)를 이리도 쉽게 깨다니, 생각보다 대단한
데?"

피월려는 잠깐 본 그 환상을 잊지 못해서, 이마에 손을 탁
얹고는 눈을 끔뻑였다.

그리고 엄습하는 허탈감. 어디선가 분명히 이런 감정을 느
껴본 적이 있었다.

머릿속에 한 사람이 떠올랐고, 피월려는 어지러운 듯 눈을
질근 감았다.

"어, 어떻게 된 거지?"

그는 혼란스러운 와중에 혼잣말로 중얼거린 것이었으나, 성
음청은 맑은 목소리로 대답해 주었다.

"내 색살살소야. 몰랐니? 내 별호가 혈수마소였잖아. 마소
가 바로 색살살소를 뜻해."

"아, 그런가……."

무심코 말을 내뱉은 피월려는 순간 온몸을 찌릿하게 만드
는 엄청난 마기에 화들짝 놀라 주위를 돌아보았다.

천마신교에서 가장 강력한 무력 집단인 흑룡대 전원이, 그
에게 전심을 다해 살기를 내뿜었기 때문이다.

당황한 피월려의 시선이 마지막으로 머문 주하의 얼굴에는
놀람이 가득했다.

평소에 항상 무표정한 것을 생각하면, 그녀는 지금 경악 중

의 경악을 표현한 것과 다름없었다.

왜 이런 반응들일까? 답은 주하가 해주었다.

"지, 지금… 교, 교주님… 하, 한테… 바, 반말을?"

"반말을? 내가?"

피월려는 조금 전의 대화를 떠올렸고, 곧 자기가 생각했던 현실과 제삼자가 바라보는 현실이 매우 엇나가 있다는 것을 자각할 수 있었다. 그렇게 피월려의 턱은 다시 한번 빠졌다.

성음청은 왼손으로 턱을 괴고는 신기한 생물을 보듯, 머리를 비스듬히 틀었다.

"깡 한번 죽이네……. 너무 어이가 없어서 그런지 살심이 일어나지도 않아. 근데 한 번 더 시건방을 떨면 그땐 모르지. 어이가 생길지도……. 어떻게 생각해, 악누?"

성음청은 희다 못해 창백한 오른손을 살짝 뻗어, 바로 옆에 있는 사내에게 보여주면서 피월려를 향하여 까닥였다. 그 남자는 환갑은 족히 넘고도 남았을 정도로 주름진 얼굴과 흰 머리카락을 가지고 있었지만, 꼿꼿이 편 허리와 넓게 벌어진 어깨는 약관의 청년과도 비교될 만한 견고함을 자랑하고 있었다.

악누는 아무런 감정도 담기지 않은 무심한 눈빛으로 피월려를 응시했다.

"교주에게 어이가 생기면, 이 노부가 직접 목을 따겠습니다."

성음청은 손을 내저었다.

"아니, 아니, 늙은 몸으로 굳이 그렇게까지 할 필요는 없어."

"하지만, 교주께서 노부보다 연배가 더 있지 않으십니까? 몇 년 차이도 안 나지만, 조금이라도 젊은 제가 움직여야 하지 않겠습니까?"

"그러면 뭐 해? 몸뚱어리는 늙어빠졌는데."

"……"

"할 말 있어? 아쉬우면, 반로환동(返老還童)하든가."

"……"

"표정에 변화 하나 없네. 역시 니들 천살가는 재미없어. 하여간 말이야……. 너 이름이 피월려 맞지?"

성음청과 악누 간의 짧은 대화는 피월려로 하여금 빠져 버린 얼을 겨우 되찾을 수 있는 절호의 기회를 제공했다. 피월려는 급히 무릎을 꿇으며, 머리를 숙였다.

"천마신교의 위대하신 성음청 교주님을 뵈옵니다."

쩌렁쩌렁한 목소리였으나, 성음청은 심드렁한 표정을 지었다.

"그거……. 좀 늦었다고 생각 안 해?"

"소, 송구합니다."

"뭐, 네가 피월려 맞으니까 어쩔 수 없네. 일단 사형 집행은 미뤄야겠어."

"……"

순간 피월려는 감사하다 말하려고 했으나, '미룬다'라는 말의 의미를 곰곰이 생각해 보니 별로 감사할 것도 없었다.

성음청은 그의 마음을 아는지 모르는지, 자기의 할 말을 이어갔다.

"내가 널 부른 건 이것저것 물어볼 게 있어서야. 서화능한테 듣기는 다 들었는데, 신물이 보통 사안이야? 나는 상관없는데, 여기 악누가 고집을 부려서."

"고집을 부린 적이 없습니다, 교주. 그저 미심쩍은 부분이 있기에……"

"아, 좀 조용히 해봐봐. 지금 묻는 거 안 보여? 명한다. 닥쳐."

"……"

"어쭈? 존명도 안 한다 이거야?"

"조, 존명."

"어쭈? 지금 닥치라는 명을 어긴 거야?"

"……"

"존명 안 해?"

"존······."

"어쭈? 또 어기네?"

"······."

교주가 명을 내리는 이상 존명으로 답하는 것은 마교인에게 생명보다 중요한 것이다. 그런데 그 명이 닥치라는 것이라면, 존명을 말하는 순간 그 명을 어기게 되는 것이다.

성음청은 어린아이 장난도 못 될 그 짓을 대략 열두 번 정도 반복하고서야, 만족감이 어린 미소를 만면에 띠었다. 세월의 풍파에도 꿈쩍하지 않고 다져진 악누의 주름이 미세하게 떨리고 있었다.

성음청이 말했다.

"좋아, 다시 돌아가서. 피월려, 신물주가 죽은 그날 일어난 일에 대해 네가 직접 설명해 봐."

성음청이 앞서 신물에 대해 언급할 때 어느 정도 눈치챘었지만, 그녀의 용건이 신물주에 관한 것임을 확신할 수 있었다. 그리고 천마신교의 교주가 일개 교인인 그를 직접 대면해야 할 정도로 천마신교의 신물이 중요한 것이라는 것도 알게 되었다.

그런데 왜 천마신교가 이토록 신물에 중요성을 두는지는 이해할 수 없었다.

신물이라는 것은 대부분 실질적인 의미보다는 추상적인 의미가 있는 것인데, 이 세상 어느 집단보다 실질적인 힘을 철저하게 숭배하는 천마신교에서 추상적인 것이 무슨 의미가 있다는 것인가?

어쨌든 지금 당장은 그런 의문을 제쳐놓은 채, 성음청의 질문에 성심성의껏 대답해야만 한다.

피월려가 설명했다.

"그 일은 제가 하오문과 척을 지게 된 사소한 사건에서 시작되었습니다. 그 일로 인해 제게 앙심을 품은 하오문에서 제가 황룡검을 소유하고 있다는 거짓 정보를 살막에게 전하여, 어부지리를 노린 것이죠."

성음청은 피월려가 말하는 와중에도 계속해서 입술을 달싹거렸는데 결국 참지 못하고 그의 말을 잘랐다.

"그건 서화능이 다 유도한 거잖아. 그 뒤를 말해봐."

교주의 명은 즉시 수행하는 것이 목숨을 보전하는 가장 좋은 방법이다.

그러나 피월려는 생존 본능까지도 눌러 버리는 분노가 속에서부터 끓어오르는 것을 느꼈다.

"역시 지부장께서 전부 유도하신 것입니까?"

다행히 성음청은 그것을 문제 삼지 않았다. 호기심이 발동한 것이다.

"뭐야? 몰랐어?"

아니, 알았다.

무영비주의 습격을 예상하고 신물주를 보낸 것.

살아남으라는 명령.

조작된 서찰.

이 세 가지 사실만 보아도, 서화능은 이 모든 것을 뒤에서 지켜보고 있었다는 것을 알 수 있었다. 하지만, 직접 들으니 깊은 곳에 쌓아놓았던 분노가 다시금 요동쳤다. 죽을 고비를 수없이 넘기게 된 간접적인 원인인 서화능에 대해서, 피월려는 묻지 않을 수 없었다.

"아니, 알았습니다. 그런데 이유는 듣지 못했습니다. 이유가 무엇이라 하셨습니까?"

성음청은 피월려의 눈 속 깊은 곳에 자리 잡은 차가운 불꽃을 읽었다. 그러나 그녀는 별로 신경 쓰지 않고 무신경하게 대답했다.

"여러 가지 이유가 있지. 황룡무가를 집어삼키는 와중에 생긴 복잡한 결과, 예를 들면 황룡검주의 행방이나 봉문 같은 것을 모두 한 번에 종식하려는 것이 첫째 이유. 낙양의 음지에서 정보를 취급하는 하오문을 상대하기 위한 포석을 놓으려는 것이 두 번째 이유. 그리고 낙양에서 암살당한 네 명의 용의 죽음을 위장하기 위해서 낙양을 시끄럽게 만들려는 것이 셋째 이유. 이렇게야."

하나같이 주옥같은 이유가 아닐 수 없었다. 피월려는 고개를 끄덕이며 생각에 잠겼다. 그러나 성음청은 피월려에게 생각할 충분할 시간을 줄 정도로 참을성이 있는 사람이 아니었다.

"반응이 영 시원찮네. 교주인 내가 직접 대답해 주었는데. 이제 슬슬 내 질문에 답을 해줬으면 좋겠는데? 명이라고 해야 해?"

피월려는 고개를 흔들면서 정신을 차렸다. 교주 앞에서 무슨 추태란 말인가? 그는 급히 대답했다.

"7일 전, 그러니까 추분(秋分) 후 이틀째에, 낙화강 유역에서 괴한에게 납치를 당했습니다. 그 뒤, 낙양 북서쪽에 있는 음기가 강력한 동굴에 이틀간 갇혀 있다가, 극적으로 탈출하여 지부로 귀환했습니다. 그곳에서 신물주를 보았으나 이미 죽어 있는 듯했고, 그 시신을 가지고 탈출하기에는 제 실력이 미흡한 탓에 불가능했습니다."

성음청은 깍지를 꼈다.

"역시 들은 대로야. 그러면 신물주가 죽는 장면을 직접 보지는 못한 거야?"

"네, 그렇습니다."

"그 괴한은? 살막의 인물이고?"

피월려는 순간 머뭇거렸다.

여기에서 괴한은 피월려의 거짓말로 만들어낸 인물이다. 실제로는 무영비주가 그를 납치한 것이지만, 무영비주를 천마신교의 그늘에서 벗어나게 해야만 하는 피월려로서는 그것을 밝힐 수 없었다.

그가 조심스럽게 말했다.

"확신할 수 없습니다만, 그렇게 추측됩니다."

악누는 팔짱을 꼈고, 성음청은 무의식적으로 깍지를 입가로 가져와 속에 바람을 불어넣었다. 조용한 침묵 속에서 그 둘은 피월려를 싸늘하게 노려보았다.

악누가 먼저 침묵을 깼다.

"혹시, 그 괴한이라는 자에게서 마공의 기운이 느껴졌느냐?"

피월려는 뭔가 이상함을 감지했다.

상류에서부터 졸졸 흐르며 잘 가던 강물의 흐름이 거대한 둑에 막혀 버린 듯하다.

지금 이 상황에서 홀연히 마공에 관한 것을 물어보는 저의가 무엇일까? 그것을 알지 못하니 좋은 대답을 생각해 낼 수가 없다.

피월려가 뜸을 들이자 성음청이 깍지를 내리면서 고개를 들었다. 드러난 그녀의 빨간 입술은 피처럼 붉었다.

"피월려……. 지금부터 단 한 번이라도 내 질문에 뜸을 들이면 죽일 거야."

성음청은 웃었다.

살기도 마기도 없었다.

그런데 피월려는 온몸에 벼락을 맞은 듯한 공포에 몸을 부들부들 떨었다. 성음청의 얼굴에 피어난 미소는 인간의 것이 아닌 사신의 것이다. 죽음을 눈으로 본 것같이, 전신에 힘이 풀려 버린다.

색살살소(色殺薩笑)라.

전의 것이 색소(色笑)라면 이번은 살소(殺笑)인가? 피월려는 이를 꽈득 물었다.

정신을 집중하니, 마기가 은은하게 육체를 감싸 안아 두려움을 몰아내었다.

피월려는 물보다 투명한 맑은 눈빛으로 그녀를 마주했다. 그러자 성음청의 눈빛에 이채가 띄더니, 이내 얼굴에서 죽음의 미소가 사라졌다. 한결 편해진 피월려는 당당한 목소리로 말하기 시작했다.

"마공의 기운을 느낄 수는 없었습니다. 다만 제 혈맥을 재 보더니, 즉시 제가 마공을 익혔다는 것을 알아냈었습니다. 그 점을 보면 마공에 대해서 해박한 것은 틀림없습니다. 그러나 그가 직접 익혔다는 확언은 드리기 어렵습니다."

악누의 질문 뒤에는 어떤 심증이 있을 것이다. 동굴 환경을 조사하는 와중이든, 괴한의 뒤를 추적하는 와중이든, 분명히 마공에 대한 어떤 흔적을 발견한 것이다.

전에, 무영비주는 손수 마단을 먹어 보이면서까지 마공을 익혔다는 것을 보여주었다.

그토록 신중한 그가 어떠한 단서를 남겼다고 보기는 어렵지만, 그래도 이들은 전 무림에서 손가락 안에 꼽히는 자들이니 무영비주도 생각하지 못한 흔적을 발견했을 가능성이 컸다.

피월려는 괴한이 무영비주인 것을 숨겨야 하지만 어설픈 거짓부렁이 통할 리 없었다. 그는 될 수 있는 데까지 사실만을 이야기해야 한다.

피월려는 당당한 표정을 유지하면서도 눈동자를 굴려 악누와 성음청의 반응을 수시로 살폈다. 말은 하지 않았지만, 서로 돌아보며 눈을 마주치는 것이 모종의 의사소통이 오간 것이 틀림없었다.

악누는 얼굴을 살짝 찡그렸다.

"하나 더 묻겠다. 너는 신물주가, 그 괴한에게 죽임을 당한 것이라 생각하느냐?"

성음청의 경고도 있고 하니, 피월려는 즉시 대답했다.

"그런 듯 보였습니다."

"알았다. 이상이다. 돌아가도 좋다."

피월려는 맥이 탁 풀리는 것을 느끼면서 포권을 취했다. 성공적으로 의심을 푼 것이다.

그는 이대로 생사의 갈림길 같은 이 공간을 즉시 떠나고 싶은 마음이 간절했다.

하지만 악누가 천살가의 인물이라는 것을 들었기에, 흑설에 관한 것을 확인해야 했다.

"외람되지만, 제가 악 대주님께 하나 여쭈어도 되겠습니까?"

마교 본부에서는, 아랫사람이 윗사람에게 말을 거는 것조차 매우 드문 일이었다.

오로지 명령을 받들고 보고만 할 뿐, 상의조차 하지 않는 경우가 태반이기 때문이다.

성음청과의 대화를 멈춘 악누는 그에게 눈길을 돌렸다.

"지부의 마교인이라 그런지, 무뚝뚝한 녀석들과는 좀 느낌이 다르구나. 그런데 누가 노부보고 대주라 했느냐?"

"아, 흑룡대의 대주님이 아니십니까?"

성음청과 자유롭게 대화를 나누고 또한 흑룡대가 이곳에 있으니, 피월려로서는 당연히 악누를 흑룡대의 대주라 생각할 수밖에 없었다.

악누의 얼굴 주름이 세 배로 불어나면서 불쾌감을 표현했다.

"노부는 흑룡대에 속하지 않았다. 노부는 호법원의 주인이니라."

"아, 죄송합니다. 원주이신 것을 미처 깨닫지 못했습니다."

"됐다. 그런데 네 질문이 무엇이냐?"

"그 천살가에 관한 이야기입니다. 제가 며칠 전, 천살성으로 의심되는 한 여자아이를 지부에 데려온 일이 있습니다. 그 아이의 이름이 흑설이라……."

악누는 들떴는지, 갑자기 앞으로 한 발짝 걸어 나오면서 피월려의 말을 잘랐다.

"아! 그 녀석! 그 아이를 데려온 것이 바로 너구나!"

조금 전까지 있던 불쾌감은 한순간 증발한 듯 보였다. 감정을 별로 표현하지 않는 천살성인 악누가 진심으로 기뻐하는 것을 보면, 천살성이 워낙 희귀하고 아이를 기르지 않기 때문에 천살가에서 가문을 잇는 데 항상 문제가 있다는 것이 사실인 듯 보였다.

피월려가 말했다.

"예. 그에 관해서 묻는 것인데. 그 아이와 인연도 있고 해서 천살가에서 정식으로 입양하기 전까지는 그 아이에게 무공을 가르치고 싶습니다."

"무공? 흐음, 그 사정은 이해하지만 천살가의 마공을 익히려면 천살성 전용의 입문마공을 익혀야 한다. 그 외의 것으로 역혈지체를 이루면 천살가의 마공을 익히지 못한다. 그러니, 네가 다른 마공을 가르칠 수는 없다."

"그렇다면 기공이 없는 무공은 상관이 없습니까?"

"백도의 무공은 익혀도 상관없다. 내가 염려하는 것은 오로지 마공이니라."

"알았습니다. 그렇다면 흑설은 언제 본 교로 가게 됩니까?"

"그건 확언할 수 없다. 노부는 외부에서 호법원주 외의 일을 할 수 없느니라. 본가에서 사람을 보낼 테니, 적어도 보름은 걸릴 것이다. 그 이상이 될 수도 있고."

"그렇다면, 한동안은 제가 가르칠 수 있겠군요."

"그럼 질문은 끝이냐?"

"아, 예! 감사합니다. 그럼 이만 물러가겠습니다."

피월려는 포권을 취했고, 악누는 고개를 끄덕였다. 그리고 성음청은 양손을 들어서 어린아이처럼 흔들었다.

"잘 가."

"……."

피월려는 어떻게 반응해야 하는지 고민했지만, 도저히 답이 나오지 않아 포권을 연거푸 취하고는 께름칙하게 돌아섰다.

＊　　　　＊　　　　＊

"그럼, 전 이제 제 방으로 돌아가겠습니다."

지금껏 상념에 젖어 있던 피월려는 주하가 공손한 자세로 인사하자 눈을 동그랗게 떴다. 항상 멋대로 사라지고 멋대로 따라다니던 주하가 이렇듯 형식적으로 보고하는 것이 어색했기 때문이다.

피월려는 고개를 살짝 끄덕이며 무덤덤하게 대답했다.

"그러시오. 그런데 나중에 찾을 때는 어떻게 하면 되오?"

"전속이 된 뒤에, 제 방을 바로 옆에 두었습니다. 그러니 명령을 내리시려거든, 언제나처럼 그냥 방 안에서 제 이름을 부르시면 됩니다."

피월려는 주하가 그의 방 안의 소리를 듣는다는 점이 께름직하지 않을 수 없었다.

사정상, 피월려와 진설린은 하루에 적어도 한 번은 항상 음양합일을 해야 하기 때문이다. 갑자기 부끄러워지려 했지만, 그리고 보면 지금까지도 모두 들었을 텐데 새삼스럽게 이제 와서 무슨 말을 해야 하는가. 피월려는 헛기침을 하고는 말했다.

"아, 그렇소? 알겠소."

"그럼, 이만."

주하는 시야에서 안개처럼 사라졌고 피월려는 방문을 열고 방에 들어갔다.

방 안은 텅 비어 있었다.

진설린은 평소와는 다르게 오랫동안 밖에 나가 있는 듯했다. 아마 어린아이인 흑설이 방 안에만 있는 것이 따분해서 나가자고 졸랐을 것이다.

피월려에게는 좋은 일이다. 그는 지금 한 가지 깊이 생각해야 할 문제가 있다.

그는 침상에 몸을 던지고는 옆에 있는 책 더미를 뒤적거리며 한 서적을 찾았다. 그러나 아무리 찾아도 발견할 수 없었다.

방의 모든 인형을 뒤집어놓고 나서야 결국 바닥 한구석에 쓰레기처럼 버려져 있던 그 서책을 발견했다. 서적의 겉면에는 크고 굵은 글씨가 쓰여 있었다.

〈대천마신교〉

이것은 천마신교에 관한 단편적인 정보를 모아서 정리한 책으로, 마교에서 요직을 맡는 마교인이라면 한 번쯤 읽어봐야 한다.

하지만, 무력을 중시하는 마교에서는 이런 기본적인 내용을 담은 서적조차 등한시하는 자들이 수두룩했다. 피월려 또한 그런 부류 중 하나였고 진심으로 마교를 섬길 마음도 없었기에, 박소을이 그것을 가져왔을 때 잠깐 눈대중으로 훑어본 것 빼고는 읽어본 적이 없었다.

그러나 지금은 여기서 하나 확인해야 하는 것이 있다. 교주와의 만남 이후로, 지금까지 머릿속을 떠나지 않는 바로 '신물'이라는 것이다.

침상에서 편안한 자세를 잡은 그는 책자를 펼쳤다. 생각보다 빼곡한 글자들 때문에 신물에 대한 글귀를 찾기 어려웠지만, 전에 신물에 대해서 알고 싶으면 교주의 인사권을 보라는 말이 기억나 그 부분을 집중적으로 살폈다. 그리고 그는 곧 신물에 관한 부분을 찾을 수 있었다.

신물(神物).

천마신교에는 두 가지 신물이 있다.

현접(玄蝶). 흑접(黑蝶).

짝으로 존재하는 영물이다.

이 두 나비는 살아 있으나 살아 있는 것이 아닌 영물이며 보통 인간의 눈에는 보이지 않고, 만약 영안(靈眼)을 통해 본다 할지라도, 완전히 같은 모양과 같은 검은색을 가진 이 둘을 구분하는 것은 불가능하다. 그들의 이름은 편의상 지은 것으로, 교주의 신물은 현접, 신물주의 신물은 흑접이라 칭한다.

이 두 나비는 마의 특성이 있어, 강한 마인을 발견하면 그 옆을 항상 따라다니면서 그들이 풍기는 마기를 먹으며 기생한다. 그리고 기생자가 죽으면 그자를 죽인 마인에게 붙어 다시 기생하게 되는데, 이것으로 그들은 점차 더 강한 마인에게 기생하게 된다. 그런데 만약 기생자가 자연사하거나, 마공을 익히지 않았거나, 마공을 소실하여 마기를 뿜지 못한다면, 그자에게서 떠나 짝에게 돌아간다. 그리고 둘이 같은 마인에게 기생할 경우, 영력을 잃어 육안으로 보이게 되며 둘 중 한 나비가 다른 기생자를 찾을 때까지 그 영력은 돌아오지 않는다.

이 두 나비는 영계에 머물기 때문에 인계와 어떠한 종류의 상호 관계도 할 수 없다.

교주의 인사법(人事法).

천마신교 낙양지부의 가장 핵심율법인 강자지존(强者至尊)과 상명하복(上命下服)은 교주에게만 유일하게 다르게 적용된다.

교주는 무위에 관계없이 강자(强者)와 상(上)으로 정의되며, 모든 천마신교 마교인 위에 스스로 군림한다. 천마신교의 모든 마인들은 교주와 생사혈전이 불가능하며, 교주 명을 어긴 자는 무위와 직위의 고하를 막론하고 추살의 대상이 된다. 교주의 자리는 신의 자리이며 감히 넘볼 수 없는 신성불가침의 영역이다.

그러나 이 역시 예외가 있으니, 바로 신물주이다. 천마신교의 모든 마인 중 유일하게 교주에게 생사혈전을 요구할 수 있으며, 승리하여 다음 교주가 될 수 있는, 즉 교주의 후계자다.

증거로써 흑접의 존재를 신물전(神物殿)에 보고하여 검증을 받으면 그 이후로부터 그의 목숨은 교주로부터 완전 보장받으며, 천마신교의 모든 명령에서 벗어나고 장로 이하의 모든 직위를 선택할 수 있는 권한이 있다.

그러나 그 또한 마교인이며, 강자지존에서 자유로울 수 없다. 마교인이라면 누구라도 그에게 생사혈전을 청할 수 있으며, 승리하면 다음 신물주가 되어 흑접의 기생자가 된다.

피월려는 복잡하고 함축적인 이 두 부분을 여러 번 정독하면서 완전한 그림을 그리려고 애썼다.

'현접과 흑접을 가진 자를 죽이면 현접과 흑접이 그 죽인 사람을 따라다닌다. 그리고 그런 법칙을 이용해서 교주의 인사법을 만든 것이다. 마교에서는 상관을 죽이면 언제나 위로 올라갈 수 있다는 절대적인 법칙 때문에, 교주의 자리가 항상 위태롭다. 신처럼 떠받들어져야 할 교주의 자리가 언제나 닿을 수 있는 거리에 있으니 이보다 더한 모순이 없을 터. 그렇기에 신물주라는 방패막이를 만든 것이다. 모든 피를 신물주에게 집중시키고, 거기서 살아남은 최후의 일인만이 교주에게 대적할 수 있는 자격이 주어지는 것이다. 그 증거는 바로 흑접이고. 그렇다는 뜻은……'

신물주를 죽인 피월려가 곧 신물주가 되었다는 것이다.

차기 교주가 될 수 있는 엄청난 자리.

척결대상과 동급으로 모든 마인들의 살의가 집중되는 자리.

교주의 자리를 탐내는 자들의 모든 욕망이 모이는 더러운 자리.

피월려는 이제야 왜 그들이 누가 신물주를 죽였는가에 대해 그리도 관심을 두는지 이해할 수 있었다. 신물주를 죽인 자가 만약 마인일 경우, 그자가 신물주……. 아니 차기 교주가 되기 때문이다.

"젠장. 일이 왜 이렇게 꼬이지!"

피월려는 괴성을 지르며 머리를 쥐어뜯었다. 그런데 잘 생각해 보니, 한 가지 이상한 점이 있었다.

교주는 분명히 그가 신물주임을 깨닫지 못했었다.

피월려는 책자를 다시 집어 들었다. 그리고 신물에 관한 설명 중, 기생자가 자연사하거나, 마공을 익히지 않았거나, 혹은 마공을 소실하여 마기를 뽐지 못한다면 짝에게 돌아가서 육안으로 보이게 된다는 부분을 찾을 수 있었다. 그러나 그 전에는 영안이 아니면 보이지 않는다 했다.

'이래서, 내가 흑접을 가지고 있다는 것을 모르는 것이군. 그리고 만약 신물주가 마인에게 죽지 않았다면, 흑접이 교주에게로 돌아가서 현접과 흑접이 눈에 보이게 될 테니까……. 그렇다면 교주는 지금 신물주가 죽었다는 소식을 듣고, 그 신물이 흉수에게 옮겨졌다는 사실만 알 뿐, 그 흉수가 누군지는 알 수 없는가? 그리고 검증을 받는다는 부분을 보면, 신물주가 스스로 신물을 밝히기 전까지는 아무도 알 수 없다는 말인가? 아니지……. 애초에 신물을 밝힌다는 것 자체가 교주와 생사혈전을 하겠다는 뜻이 되는가? 그렇다면, 왜 신물주는 애초에 자기가 신물주인 것을 밝혔을까? 아……. 그래서 이 외진 낙양지부에 온 것이로군! 본부에서는 위협이 끊이지 않고 또한 교주에게 대항할 생각이 없으니…….'

이는 다행스러운 점이었다. 피월려가 신물주를 죽였다는 것을 아는 사람은 오직 무영비주뿐이기 때문이다. 그가 입을 열지 않는다면, 흑접의 존재에 대해서 알 수 있는 사람은 없을 것이다.

아니, 한 사람이 있다.

'미내로. 그분은 즉시 알아봤어. 좌도의 극을 이뤘으니, 영안을 가지고 계신 게로군. 검은 나비라는 것이 신물이었을 줄이야. 하아, 어떻게 해야 하나……'

피월려는 한동안 괴로워하며 고민하더니, 곧 결심하고는 밖으로 빠르게 나섰다.

"피 대원, 어디 나가시오?"

복도로 나간 피월려는 복도 한쪽에서부터 걸어오는 박소을을 보았다.

"안녕하십니까, 대주님? 저를 보려고 오신 것입니까?"

"그렇소. 그런데 바빠 보이오? 어딜 그리 급히 나가는 것이오?"

피월려는 자기가 신물을 가지고 있고, 그것에 대해서 미내로와 상의하러 간다고는 당연히 말할 수 없었다. 자기가 신물주가 된 것이 지부에 알려지게 될 때 일어날 일들은 상상조차 하기 싫었다.

"아무것도 아닙니다. 그저, 명을 완수하고자 정보를 얻으러 잠시 나가는 길이었습니다. 그런데 혹시 또 다른 명령이 있습니까?"

박소을은 쓸데없이 노닥거리자고 누굴 만날 사람이 아니다. 그가 누군가를 찾아온 것은 그 사람에게 분명한 용무가 있기 때문에 그러한 것이다.

또한 낙양지부의 진법상 우연히 다른 방을 지나가는 경우는 없으므로, 박소을은 어떤 목적을 가지고 피월려를 방문한 것이 확실하다.

박소을이 말했다.

"그렇소. 그런데 명은 어디까지 완수한 것이오?"

"어디까지라 함은 조건에 해당하는 자들을 몇 명이나 죽였느냐는 뜻입니까?"

"죽였다, 죽일 것이다, 죽일 수도 있다, 이 세 가지를 모두 포함해서 말씀하시오."

앞으로의 계획까지도 포함하라는 이야기다. 피월려는 머릿속으로 짧게 정리한 뒤 보고했다.

"마조대에서 파악한 세 마인, 혈면호, 일소무하, 그리고 광소지천은 모두 죽었습니다. 그리고 이번 살겁의 주범인 낙양흑검을 조사하려 합니다."

박소을은 예상했다는 듯 고개를 두어 차례 끄덕였다.

"역시 그렇군. 혹시 교주님은 뵈었소?"

"예, 뵈었습니다."

"그럼 이야기가 빠르겠군. 그 낙양흑검은 가도무일 확률이 높소. 그러니 임무 대상에서……."

"가, 가도무?"

피월려의 입에서 갑자기 튀어나온 말에 박소을의 말이 잘렸다.

박소을은 갑자기 눈앞에서 큰 소리를 외친 피월려를 물끄러미 바라보았다.

"무례하군. 갑자기 왜 이렇게 놀라며 소리친 것이오?"

"아, 아닙니다. 죄송합니다."

"그런데 어떻게 가도무를 아시오?"

피월려는 놀란 심장을 다스리고자 시선을 돌렸으나, 마구 흔들리는 그의 눈동자는 진정될 기미조차 보이지 않았다.

천살지장 가도무.

천살가의 인물로서, 양의 기운이 너무 강한 마공을 익힌 탓에 생명의 위협을 느껴 여기저기 떠돌며 해결할 방법을 찾고 있다고 말한 자였다. 그는 마기가 들끓어 죽기 일보 직전이었던 피월려의 생명을 살려주었지만, 호의로 그런 것이 아니라 극양혈마공을 조사하여 자기 문제의 해결에 있어 핵심적인 단서를 발견할 수 있지 않을까 하는 기대감으로 한 것이었다.

피월려는 무영비주와의 일을 숨기고자, 가도무를 언급한 적이 없다.

피월려가 만들어낸 거짓 이야기는 가도무와의 만남을 설명할 길이 없었기 때문이다. 생명이 위태롭던 그가 산속에 방치된 것부터 가도무에게 치료를 받고도 지부로 귀환하지 않은 것까지 논리적으로 설명해야 하는 부분들이 너무 복잡했고, 어떻게 끼워 맞춘다고 해봤자 서화능처럼 지혜로운 자가 우연하게 그런 일들이 일어났다고 곧이곧대로 믿을 사람도 아니었다.

만약 지부에서 가도무에게 피월려와 있었던 일을 듣는다면, 피월려의 거짓말이 들통이 나는 것은 시간문제였다. 피월려는 지금까지 자기가 거기에 대해서 어떠한 조치도 취하지 않았다는 사실이 한심스럽기 그지없었다.

그리고 그 결과, 박소을의 입에서 가도무가 언급되었다. 만약 박소을이 피월려를 한번 떠보려고 이곳에 왔다면 이미 늦은 것이다.

이제 와서 모른 척하는 것이 무슨 소용이 있으랴? 결국 모든 일을 밝혀낼 것이고, 서화능은 신물주를 살해한 사람이 피월려라는 것까지 알아낼 것이다.

피월려는 이대로 도망쳐 버릴까라는 생각까지 했다. 그러나 그는 진설린이 없이는 고작 삼 일도 버티지 못한다. 꼼짝없이 지부에 남아야 하는 그는 암묵적으로 교주의 자리를 탐할 만한 그런 대마두(大魔頭)들에게 총공격을 받게 될 것이다. 삼

일이라도 버티면 다행이다.

온갖 상상이 머릿속에서 끊이지 않았다.

피월려는 모든 것을 내려놓은 사람처럼 터놓았다.

"천살지장 가도무……. 천살성으로서 천살가의 인물 아닙니까?"

인정하니 오히려 마음이 편했다. 눈을 들어 박소을의 얼굴을 보니 그는 흥미롭다는 표정을 짓고 있었다. 거짓말이 탄로가 난 것을 조롱하는 것인가? 피월려는 울컥했지만, 속으로 참을 수밖에 없었다.

이제부터는 추궁이 시작될 것이다. 그를 어찌 아느냐고, 괴한에게 납치된 것은 어떻게 된 것이며, 신물주는 어찌 죽은 것이냐고.

"역시 들은 게로군. 그렇다면 어디까지 들으셨소? 혹시 교주님이 낙양에 온 이유도 그 때문이라는 것까지 아시오?"

이상하게 어조가 전과 다르지 않다.

피월려는 혹시나 하는 마음에 고개를 들어 그를 보았다. 박소을의 표정은 추궁할 생각이 전혀 없는 듯했다. 뭔가 예상과 다르게 흘러간다는 것을 눈치챈 피월려는 일단 애매모호하게 넘어갔다.

"자세하게 들은 바는 없습니다만, 혹시 알려주실 수 있으십니까?"

박소을은 어깨를 들썩였다.

"뭐, 좋소. 천살지장은 은퇴하여, 원로원에 속한 원로 마인이었소. 마공을 연구하는 데에 탁월한 능력을 갖춘 자로, 특히 음양의 관계에 대해서 방대한 지식을 가진 마인이오. 그는 양에 치우친 마공을 익혔기 때문에, 내력이 강해지면 강해질수록 음양의 불균형이 생겨, 그것을 해결하기 위해서 음양에 대해 집착을 하게 된 것이오. 그런데 그 집착 때문에 말썽을 일으켰소."

말의 어투나 의미가 추궁과는 거리가 멀었다.

의심받는 것이 아닌가?

피월려는 짐짓 고개를 끄덕이며 되물었다.

"그것이 무엇입니까?"

"본 교의 성지(聖地) 중 하나인 음양전(陰陽殿)에 침입하여, 비보 하나를 강탈하려고 시도한 것이오. 성공하진 못했지만 그 와중에 음양전주를 죽이는 돌이킬 수 없는 범죄를 저질렀소. 추살령이 떨어졌고, 교주와 흑룡대가 직접 나서게 된 것이오."

피월려는 이대로 주저앉아 버리고 싶을 만큼 큰 안도감을 느꼈다.

박소을이 자기를 떠보거나 추궁하기 위해서 지금 이곳에 온 것이 아니라는 것을 확신했기 때문이다.

피월려는 살아났다는 기쁨을 속으로 숨기면서, 손으로 턱을 괴며 심각한 표정까지 지어 보였다.

"그렇다면 교주께서 흑룡대와 같이 낙양에 온 이유가, 가도무란 자를 추살하기 위해서라는 것입니까? 하지만, 반로환동까지 이뤄낸 교주님께서 직접 나서야 할 정도로 가도무가 그렇게 강한 자입니까?"

"원로원은 본 교를 위해서 한평생 봉사한 노마들이 은퇴하여 모든 임무로부터 자유롭게 쉬는 곳이오. 그러나 매일같이 마공만 익힌 노마들이 뭘 하겠소? 마공 수련 아니면 마공 연구이오. 원로원의 노마들은 그 무위를 짐작할 수 없소."

"하지만, 그렇다 한들 흑룡대만 보내도 되지 않습니까? 전투를 전문으로 하는 오십여 명의 지마급이라면, 천마급의 고수도 쉽게 사살할 수 있을 것입니다."

"이건 개인적인 생각인데, 교주님의 변덕이 아닌가 하오. 성격은… 뭐, 만나보셨다니 알 것이오."

"……."

알다마다.

박소을은 피월려의 표정을 읽고는 피식 웃었다.

"하여간 본론으로 돌아가면, 낙양흑검에게 당한 이백여 명의 사람들은 하나같이 불에 탄 듯한 상흔을 가지고 있었는데, 이는 양강지공(陽剛之功)에 당한 것이오. 또한 낙양흑검의 몸 주변에 마기가 넘실거렸다는 증언이 있소. 그리고 가장 독특한 것은, 그자가 살육할 때 검(劍)은 허리에 놔두고 그냥 손을 사용했다는 점이요. 이 모든 것을 종합해 보면, 양강지공의 손을 쓰는 마인이라는 것인데, 청일문을 박살 내고 청일검수를 한 수에 죽일 정도니 적어도 천마급이오. 따라서 낙양흑검은 가도무일 확률이 매우 높소. 그러니 교주께서 처리하실 터, 낙양흑검에 대해서 피 대원이 염려하실 필요는 없소."

"그것은 조금 이상합니다. 가도무 같은 고수를 죽이는 데, 저번처럼 천라지망을 펼치거나 하면 더 쉽지 않겠습니까? 굳이 따로 처리하겠다는 연유는 무엇입니까?"

"며칠 전에, 지부장께서 신물주의 시체를 확인하기 위해서 그대가 전에 말했던 동굴에 마조대를 보냈었소. 그런데 단 한 명만이 만신창이가 되어 겨우 목숨을 건지고 귀환했소. 그가 말하길, 가도무로 짐작되는 인물이 그곳에서 마조대를 도살하였다 하오. 음기가 강력한 동굴이니, 그곳에서 양기를 다스리고 있던 것이 틀림없소. 그리고 우리와 협력하기로 한 낙양성 잠사는 하오문의 농간이라 하고, 포로로 있는 하오문 지부주는 그 부분에 대해서는 결단코 아무것도 모른다 하였으니, 지부장과 나는 그대를 납치하고 신물주를 죽인 그 괴한이 살막도 아니고 하오문도 아닌 제3의 인물, 즉 가도무였다고 생각하오. 그렇다면……."

"가도무가 신물주를 죽인 범인이 되는 것이군요?"

박소을은 손뼉을 쳤다.

"정확하오. 하하, 내가 준 책자를 정말로 읽었을 줄은 몰랐소. 신물주의 신물에 대해서 잘 이해한 듯 보이오. 하여간 그래서, 가도무가 신물주를 죽이고 새로운 신물주가 되었다면, 천라지망이든 뭐가 됐든, 조금이라도 신변에 위험이 생기면 신물주임을 밝히고 교주와 생사혈전을 원할 것이오. 그렇게 하지 않으면 추살될 것이고. 따라서 지부에서는 관여할 수 없는 일이 된 것이오."

묘하다.

묘하기 그지없다.

박소을은 말을 이었다.

"그래서 이런 사정으로, 명령을 철회하기로 했소. 마교인이 아닌 마인을 추살하려는 이유는 마교인이 아닌 마인이 신물주를 죽여서 마교인이 아닌 신물주가 발현되는 것을 막기 위함이었소. 마교인도 아닌 자가, 차기 교주가 될 수는 없지 않겠소? 그러나 가도무가 신물주를 죽인 것은 기정사실이니, 이제는 불필요한 명령이 되었지. 서두가 길었지만, 어쨌든 내 용무는 명령이 철회되었다는 것을 말하려는 것이었소."

피월려는 고개를 숙여 포권을 취했다.

"완전히 이해했습니다. 귀찮으셨을 텐데……. 친절한 설명에 감사드립니다."

"설마, 내가 아무런 이유 없이 이런 설명을 했을 것으로 생각했소?"

의아함을 느낀 피월려는 고개를 살짝 들었고, 박소을의 손에 들린 하얀 서찰을 보게 되었다.

"명입니까?"

박소을이 대답했다.

"서화능이 직접 내린 명이오. 나도 모를 정도로 은밀한 명이니 조용히 진행함을 권하겠소."

피월려는 성가신 뭔가가 또다시 시작되려 한다는 것을 본능적으로 감지했다.

                    *   *   *

낙양의 마로(馬路)는 그 기원을 알 수 없을 정도로 오래된 것이다.

옛날 낙양이 황도였을 때에 그 크기가 점차 불어나 도보를 감당할 수 없게 되어, 황제의 명령으로 마로가 만들어졌다는 근거 없는 이야기만 있을 뿐이다.

현재의 황도인 북경의 마로도 낙양의 마로를 본떠 만들었으니, 낙양의 마로는 전 중원의 성도에 있는 마로 중 가장 오래된 것임이 틀림없었다.

그리고 그 마로를 관리하는 기관은 이름만 달라졌을 뿐, 지금까지도 이어지고 있었다.

마로와 오랜 역사를 함께해 온 그 기관은 황실과 귀족의 운행길을 책임지는 역할을 하였는데, 지금에 와서는 관과 독립적으로 운행하여, 서민들의 운반책으로도 널리 사용되고 있었다.

그런데 숫자가 많아지다 보니, 불상사도 같이 증가했다. 황실과 귀족에게는 체면이란 것이 있어 대놓고 눈에 보이는 범죄를 저지르지 않지만, 일반 서민들에게는 당장 먹고사는 것이 더욱 중요했기 때문에 아무렇지도 않게 마방의 말을 도둑질하게 된 것이다.

오랜 논의 끝에 마방은 이 문제를 해결하기 위해서 하오문의 힘을 빌리게 되었다. 하오문을 통해 정보력을 갖춘 그들은 확실한 보복을 하여, 그 누구도 낙양에서 그들을 무시할 수 없도록 조치했다.

그렇게 평온한 나날은 지속되는 듯했다. 그러나 요즘 와서 문제가 많이 발생했다.

무슨 일인지 하오문이 예전처럼 힘을 쓰지 못했기 때문이다.

그리고 낙양에 급증한 무림인 중 상당수가 고수였기에 하오문에서도 감당할 수 없었다.

결국, 말 한 마리를 건물에 충돌시켜 무너뜨린 미친놈의 등장을 끝으로, 마방은 임시로 문을 닫는 결정을 내렸다. 무림인의 무력 앞에서 말을 회수할 만한 방법이 없었기 때문이다.

피월려가 마방에 찾아갔을 때에는 마부는커녕 말 한 마리 보이지 않았다.

그는 어쩔 수 없이 중심지에서 남문까지, 그리고 묘장까지 도보로 걸어야 했다.

피월려는 동행 없는 발걸음을 옮겼다. 주하는 이제 감시자가 아니므로 따로 명하지 않는 이상 자신을 따라오지 않는다.

지화추와 같이, 협력하는 관계이지만 서로에게 구속되어 있지 않은 것과 같았다.

피월려는 혼자다.

해는 서쪽에서 점차 모습을 감췄다.

존양을 벗어나니 시끌벅적한 중심지가 나왔고, 그 뒤에는 강이 마중 나왔다.

뱃사람을 구하여 강을 건넜고 다시 남문을 향해 걸었다. 그는 곧 거대한 낙화루를 지나치게 되었고, 월루 또한 아주 잠깐 골목 사이로 보였다.

월루에는 아직도 그녀의 흔적이 남아 있을까?

피월려는 잠시 우두커니 서서 기억을 더듬었다. 그때도 이렇게 해가 막 떨어진 시간이었으니, 몸이 감성적으로 변한 것 같다.

그런데 이상하다.

"이름이 뭐였지……."

피월려는 머리를 두어 번 긁적이고는 '예화'라는 그 이름을 머릿속에서 떠올릴 수 있었다. 흔하디흔한 이름이니 이리도 쉽게 잊어버리는 것이다.

"얼굴도 생각이 안 나네."

처음 본 날과 마지막으로 본 날은 겨우 칠 주야 사이이고, 그동안 얼굴을 마주한 것은 고작 두 번이다. 짧디짧은 시간이니 이리도 쉽게 잊어버리는 것이다.

7일 전의 일인데도, 7년 전의 일인 듯한 아득함이 느껴졌다.

세찬 밤바람이 피월려의 얼굴을 세 번 정도 쓸었을 때 그의 다리가 다시 움직이기 시작했다. 그는 남문을 지나 묘장으로 향했다.

*   *   *

피월려가 걷는 곳은 숲이지만, 이질적인 냄새가 코를 자극했다.

살아 있는 것이 죽어 시체가 되면, 그 사기(死氣)가 공기에 퍼지기도 전에 다른 것의 먹이가 되는 자연은 오로지 생기만이 가득하다.

그러나 피월려가 걷는 그 길에는, 인간의 도시에서밖에 느낄 수 없는 사기가 낮게 깔려 있었다.

묘장으로 향하면 향할수록, 그 냄새가 짙어졌다. 그것은 죽음을 곁에 두고 사는 무림인인 피월려에게도 매우 달갑지 않았다. 그가 익숙한 냄새는 피가 튀고 땀이 흐르는 뜨거운 냄새이지, 시체가 썩을 때 나는 차가운 냄새가 아니기 때문이다.

음의 정수(精髓)라는 죽음에도 음양이 있는 것인가?

피월려는 시야에 미내로의 거처가 보이자 잡생각을 거두었다. 저번과 다르게 지금은 햇빛이 은은하게 남아 있는 터라 전체적인 모습이 보였는데, 중원에서는 쓰이지 않는 특이한 방식의 나무집이었다.

피월려는 조심스레 그곳에 들어가 문을 두들겼다.

"계십니까?"

그의 말이 끝나기도 전에, 문이 삐걱거리며 서서히 밀려났다. 미내로가 닫는 것을 깜박했는지, 그 문은 원래부터 열려 있었던 것이다. 그 속에서부터 누군가 요리를 하는지 그릇이 달그락거리는 소리가 들렸다. 피월려로서는 참으로 오랜만에 들어보는 소리였다. 어릴 적, 그리운 어머니의 손길에서 강제로 떨어지게 된 이후, 처음이 아닐까 하는 생각이 들 정도였다.

깨끗하게 손질된 각종 동물의 시체들이 실에 매달려 온통 시야를 가렸기 때문에, 정확히 무슨 일이 벌어지고 있는지는 알 수 없었다.

시체를 다루는 좌도를 익힌 미내로가 직접 달아놓은 시체들이니, 단순한 장식물에 불과할 리 없었다. 피월려는 조심스러운 손길로 하나하나 살포시 밀어가면서, 소리가 나는 곳으로 다가갔다.

마지막 여우 시체를 피하고 나자, 처음 눈에 띈 것은 바로 진설린과 흑설이었다. 각자 의자에 앉아 식탁 위, 접시에 놓인 각종 음식을 맛있게 먹고 있었던 것이다. 그들은 피월려가 단 한 번도 보지 못한 고급스러운 궁장 차림과 어여쁜 머리 장식을 하고 있었다.

한눈에 보아도 미용사 여럿이 엄청난 시간을 들여야 만들 수 있을 만한 수준으로, 가히 예술 작품이라 해도 모자람이 없었다.

그를 발견한 진설린이 말했다.

"어서 와요. 와서 드세요."

진설린은 극음귀마공을 통해서, 피월려가 가까이 다가올 때마다 그 위치를 파악할 수 있다.

그녀가 손을 내민 자리에는 이미 피월려가 먹을 만한 양의 음식이 차려져 있었다.

반면에 흑설은 이제야 막 그의 모습을 인식했는지, 먹던 음식을 겨우 삼키고는 맑게 웃으며 말했다.

"월려 아저씨! 아저씨도 밥 먹으러 온 거예요?"

피월려는 어째서 이 두 소저가 고풍스러운 차림을 하고 미내로의 집에서 한가롭게 식사하고 있는지 전혀 이해할 수 없었다. 그들은 언제나 피월려의 예상 밖에 존재하는 생물들이었다.

하지만 한두 번 느낀 것도 아니고, 이제는 이런 상황이 놀랍지도 않다.

피월려는 자리에 앉으면서 무덤덤하게 말했다.

"그래, 저녁이나 할까 하고 왔지. 그런데 린 매, 어째서 여기에 오게 된 것이오? 한동안 방에 보이지 않아서 걱정했소."

"거짓말. 걱정 안 했죠?"

"……."

피월려는 잔에 담긴 물을 마시면서 대답을 회피했다. 그러자 진설린은 눈을 동그랗게 뜨고 양 주먹을 꽉 쥐었다.

"어? 진짜네? 진짜로 걱정 안 했나 보네?"

"당연히 했소. 그런데 어떻게 여기 있게 된 것이오?"

진설린은 음식 하나를 입에 쏙 집어넣으면서 날카로운 눈빛으로 피월려를 노려보았다. 그러나 피월려의 표정은 변화가 없었고, 진설린은 이내 눈길을 돌렸다.

"흑설이가 나가서 놀자고 해서요. 낙양에서 태어났으면서, 낙양에 있는 재밌는 곳을 하나도 모르더라고요. 그래서 데리고 나와서 온종일 밖에 있었어요."

"진 소저도 어린 시절을 방 안에서만 보냈으니, 낙양에 대해서 잘 알지 못하지 않소?"

"그, 그렇죠."

갑자기 흑설이 배시시 웃더니 피월려를 보았다.

"그니까 더 재밌죠! 탐사예요! 탐사!"

"탐사?"

탐사라는 단어를 도시에 쓰는 것이 적합할까 피월려는 짧게 고민했다. 그러나 흑설은 그에게 시간을 줄 생각이 없는 듯했다.

"나와 린 언니에게 이 도시는 외진 동굴보다 더 신기하고 복잡한 곳이에요. 몇 시진을 보냈는지 모르는데, 아직 중심지의 반도 못 돌아본 거 있죠? 아 참! 지금 우리가 입고 있는 이게 요즘 존양에서 유행하는 거래요. 예쁘죠?"

진설린의 경우에는 그 미모를 한층 더 빛나게 하고 있었지만, 아직 나이가 어린 흑설은 마치 전에 기방에서 본 것처럼 어울리지 않는 옷을 입은 것 같았다.

그러나 피월려는 원래 표정이 별로 없는 흑설의 웃음을 지우고 싶지 않았다.

"그래, 예쁘구나."

"저는요?"

갑자기 진설린이 질문했고, 피월려는 입가로 가져갔던 음식을 다시 내려놓아야 했다.

"린 매도 아름답소."

"그렇죠?"

진설린은 두 손을 모으고 아이처럼 좋아했다. 그녀는 가면 갈수록 어린아이가 되어가는 것 같았다.

그때, 집 안 한구석에서 미내로가 양손으로 큰 통 하나를 들고 나오며 퉁명스러운 목소리로 말했다.

"집주인은 나 몰라라 하고 자기 식구만 챙기고 있느냐? 버르장머리 없는 녀석."

피월려는 즉시 자리에서 일어나서 그녀에게 포권을 취했다.

"미 대주님을 뵈옵니다."

"미 대주가 아니라 미내로 대주다. 미내로가 성이지. 내가 중원의 인간들처럼 성이 한 글자인 줄 아느냐?"

"실례했습니다."

"됐다. 자리에 앉아라."

미내로는 상 옆에 그 통을 내려놓고는 자기도 자리에 앉았다.

그 통에는 오묘한 빛깔을 가진 하얀색의 액체가 넘실거렸는데, 전에 보았던 우유인 듯했다.

흑설은 반짝반짝거리는 눈빛으로 그것을 바라봤고, 미내로는 손으로 통의 입구를 콱 하고 막으며 말했다.

"밥부터 먹어라."

"아, 알았어요."

흑설은 마지못해 손길을 거두었지만, 그녀의 눈동자는 쉴 틈 없이 그 통을 흘겨보았다.

그들은 한동안 말없이 식사했다. 미내로가 내온 음식은 흔한 중원의 음식인 야채볶음이었는데, 그 맛이 대화를 아끼게 할 만큼 좋았다.

적당히 배가 부른 피월려는 찻잔에 차를 따라 미내로에게 내어주며 말했다.

"뜻하지 않게 찾아왔는데, 이렇게 대접해 주셔서 감사합니다."

미내로는 음식을 씹으며 쩝쩝거렸다.

"갑자기 집에 쳐들어온 용무가 저녁 얻어먹으려고 그런 건 아닐 테고, 거치적거리는 서론은 제외하고 여기 온 진짜 용무나 말해봐라."

피월려가 뭐라 대답하기 전에, 진설린이 대답했다.

"당연히 나를 데리러 온 거죠. 하여튼 우리 월랑은 공처가라니까요."

차마 아니라 말할 수 없었던 피월려는 어설프게 웃어 보였고, 미내로는 소리 없는 비웃음을 얼굴에 그렸다.

미내로가 진설린을 돌아보며 말했다.

"네가 여기 있는지는 어떻게 알고?"

"그거야! 그, 글쎄요. 그러고 보니 그렇네요. 월랑. 제가 여기 있는지 어떻게 알았어요?"

보름달처럼 동그란 진설린의 눈동자는 거짓을 허락하지 않겠다는 의지가 엿보였다. 피월려는 진실을 고백하기로 했다.

"몰랐소."

"헤에……"

진설린은 빗물에 쫄딱 젖은 여우 같은 표정을 지어 보였다. 눈썹 안쪽이 올라가며 눈 끝이 처진 것이, 동정심을 절로 유발하는 얼굴 표정이다.

피월려는 헛기침을 하며 머리를 긁적였다.

"미안하오."

"아니에요. 미안할 건 없죠. 하긴, 그러고 보면 월랑이 저하고 혹설이가 여기 있는지 아는 것이 더 수상하죠. 용서해 드릴게요."

"고맙소."

피월려는 뭐가 고마운지도 몰랐지만, 그의 본능은 그의 입술을 그렇게 움직였다.

미내로는 피월려가 따라준 찻잔을 들어 차를 한 모금 마셨다.

"그래서, 용무는? 삼에 대한 건가?"

"죄송합니다. 그것에 대한 건 아직 아무 단서도 찾지 못했습니다. 오늘 제가 여기 온 것은 한 가지 부탁을 하기 위함입니다."

"부탁? 아직 저번 거래도 제대로 완수하지 못한 네가 또 부탁을 하겠다는 것이냐? 무엇을 믿고? 약속을 지키지 않는 자는 곧 속이는 자다."

미내로의 눈동자는 고요한 바다와 같았다. 아무런 감정도, 동요도 없는 깊고 넓은 바다다. 피월려는 진실을 이야기하는 것 외에 다른 어떠한 방법도 성공할 수 없다고 생각했다.

그가 나지막하게 말했다.

"부탁을 들어주시지 않으면 제 생명을 장담할 수 없는 일입니다. 미내로 대주님을 속여 무언가를 취하려는 것은 절대로 아닙니다."

"오호라? 나에게 뭔가 요구하는 것은 아니로구나? 그렇다면 무언가 함구하길 원하는 것이냐?"

연륜은 어디 가지 않는 법이다. 특히나 좌도를 익히며 보낸 세월은 수련한 고승의 세월과도 비교할 수 있을 만큼 질적으로 대단할 것이다. 아무리 피월려가 깊은 심계를 가지고 있다 하나, 그녀에게는 아직 서른 해도 살지 않은 애송이, 그 이상 그 이하도 아니다.

피월려는 절로 공손해졌다.

"그렇습니다."

"나에게 찾아온 일 때문이냐?"

"아닙니다. 단지 전에 저에게서……."

"그러면 그 검은 나비군."

"……."

"알았다. 함구하지."

마치 생각을 읽는 것 같다.

그것에 감탄하기 전에, 피월려는 그녀가 그의 부탁을 쉽게 들어주었다는 사실에 집중했다.

절대 쉽지만은 않은 이 부탁을 이리도 흔쾌히 들어줄 수 있는 경우는 크게 두 가지다.

그 부탁의 무게를 모르는 경우. 혹은 그에 합당한 대가를 원하는 경우.

피월려는 우선 전자를 의심했다. 전에 미내로가 한 말을 들어보면, 그녀는 그 검은 나비가 무엇인지 알지 못하는 듯 보였기 때문이다.

만약 미내로가 그 심각성을 모르고 부탁을 들어주는 것이라면, 그것을 확실히 각인시켜주는 것이 중요했다. 그렇지 않으면 나중에 그 심각성을 깨닫게 되었을 때 마음이 돌아설 수 있기 때문이다.

"미내로 대주님, 혹시 검은 나비가 무엇인지 아십니까?"

미내로는 고개를 끄덕였다.

"궁금해서 찾아봤다. 좌도를 중시하지 않는 중원에서는 꽤 보기 어려운 영물이라는 것을 알게 되었다. 그리고 그것이 마교에 어떻게 쓰이는지도 말이다."

미내로는 모든 것을 알고 있다. 그렇다는 것은 그녀가 피월려에게 그에 합당하는 대가를 요구할 만한 것이 있다는 뜻이다.

피월려가 물었다.

"그렇다면 어르신께서 요구하시는 것은 무엇입니까?"

"여기 있는 설린이를 제자로 들이고 싶다. 그런데 이 녀석이 네 허락이 없이는 불가능하다고 하지 않느냐? 그래서 네가 허락했으면 한다. 그것이 내 요구다."

피월려는 놀란 표정으로 진설린을 돌아봤다.

"정말로 린 매가 미내로 대주님의 제자가 된다는 것이 사실이오?"

진설린은 손을 모으며 말했다.

"네! 배우고 싶어요. 미내로 할머니가 그러는데 저한테 큰 재능이 있대요. 제자로 받고 싶은 만큼이니 정말인가 봐요."

"……."

"사실 무공에는 재능 같은 거 쥐뿔도 없거든요. 몸 쓰는 것도 별로 좋아하지 않고. 그래도 저 같은 여자가 재능이 있는 곳이 있긴 있나 봐요."

진설린은 입술을 작게 오므리며 시선을 아래로 두었다. 초점이 흐린 것이, 몸이 아파 아무것도 할 수 없었던 과거의 자신을 회상하는 듯했다.

피월려는 그런 그녀가 한 발짝 걸어 나가는 것을 막고 싶은 생각이 전혀 없었다.

"나야 물론 허락하겠소."

"정말로요? 고마워요!"

피월려는 살포시 웃으며 고개를 끄덕였다. 그러나 그의 눈동자는 여전히 궁금증을 품은 채, 미내로를 향했다.

"그런데 그게 왜 제 허락이 필요한지, 솔직히 그걸 이해하지 못하겠습니다. 그리고 미내로 대주님께서 겨우 그 정도의 작은 부탁으로 검은 나비에 대해서 함구하는 위험을 감수하겠다는 것도 이해가 가질 않습니다."

미내로는 잠시 말을 하지 않으며 깊은 눈빛으로 피월려를 응시했다. 곧 그녀의 입술이 열렸다.

"역시 예리하구나. 설린이가 마법을 배울 경우, 몸의 음기가 지금보다 훨씬 증폭될 가능성이 크다. 그리고 그것을 진정시키려면 네 양기가 더욱 필요해지겠지."

"아……. 제가 그에 따른 위험부담을 감수하라는 뜻이었군요."

피월려의 독백에, 진설린은 양손과 머리를 전부 도리도리 돌리면서 말했다.

"그렇게 위험한 건 아니래요. 그냥 내력이 쌓이는 속도가 조금 느려질 뿐이래요. 근데……. 역시 조금 그렇죠? 무림인한테 내력이 얼마나 중요한 것인데 제가 이런 부탁을 하면 안 되겠죠?"

진설린은 조금 시무룩해진 듯했다. 그러나 미내로도 피월려도 그녀에 대해서 상관하지 않았다.

둘은 그저 서로의 눈빛을 피하지 않고 응시하고 있을 뿐이었다.

피월려는 말 없는 미내로의 눈빛에서 많은 것을 느꼈다.

미내로는 무슨 이유에선지, 진설린을 자기 제자로 삼으려고 한다. 그러나 그녀가 마법을 배우면 피월려에게 피해가 가고, 나중에 진실을 알게 된 진설린은 더는 마법을 배우려 하지 않을 것이다. 그러니 지금 분명하게 피월려에게 허락을 구하여, 후일에 있을 걱정거리를 더는 것이 미내로가 원하는 것이다.

하지만, 지금 미내로는 신물에 대해서 함구해 달라는 매우 위험한 부탁을 망설이지도 않고 들어주었다. 그렇다는 뜻은 피월려가 입을 피해가, 미내로가 신물에 대해서 함구하는 수준에 상응할 정도로 큰 것이라는 뜻이다. 절대로 내력을 조금 손실하는 수준이 아닐 것이다.

미내로의 요구 조건은 간단하다.

진설린이 마법을 익히면서 뺏어갈 내력을 곱게 내주되, 입은 피해에 대해서는 진설린이 모르게 하라.

피월려는 숨을 깊게 들이마시곤 결정을 내렸다.

"좋습니다."

"그렇다면 다행이군. 그러나 이것은 전의 것과는 상관없다. 삼의 행방은 여전히 알아와야 할 것이야."

"알았습니다."

둘 사이에 진설린이 모르는 긴장감이 오갔다. 진설린은 초조한 듯 옷깃을 만지작거렸다.

"전 마법을 배울 수 있는 건가요?"

피월려는 눈에서 긴장감을 거두며 포근한 미소를 지었다.

"물론이오. 재능을 썩힐 수는 없지."

"월랑, 고마워요."

진설린은 환하게 웃었다. 옅지만 포근한 미소와 함께, 깊은
눈동자는 기쁨으로 가득 찼다.

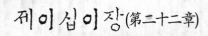

제이십이장(第二十二章)

그때, 흑설이 식사를 모두 끝냈는지 자기 잔을 양손으로 들고 미내로에게 쑥 내밀었다. 미내로는 오른손으로 식사하는 것을 멈추지 않으면서, 보지도 않고 왼손으로 우유통을 들어 흑설의 잔에 따라주었다. 흑설은 싱글벙글하며, 오묘한 빛깔의 우유가 흐르는 것을 숨도 멈추고 응시했다. 그러고는 참배라도 하듯 양손으로 잔을 고이 모시면서, 입에 가져다가 홀짝거렸다.

고맙다는 인사도, 맛있다는 감탄사도 없었다. 흑설이 기본 예절을 모르기 때문이 아니라, 그것을 잠시 망각할 정도로 그

우유의 맛이 환상적이었기 때문이다. 미내로는 자연스럽게 흑설의 머리를 한번 쓰다듬어 주었다. 흑설도 그 손길을 거부하지 않았다.

피월려가 볼 때, 흑설은 자기만큼이나 미내로를 경계하지 않는 듯했다.

그들의 행동에는 오늘 하루 만에는 도저히 도달할 수 없는 친밀함이 녹아 있었다.

그가 물었다.

"어르신, 흑설이 이곳에 전에도 찾아왔습니까?"

"전이라 함은 무슨 뜻이냐? 예화를 화장했던 날을 말함이더냐?"

"그 이후에도 말입니다."

"한, 두세 번 찾아왔다. 예화가 보고 싶었는지, 우유가 마시고 싶었는지는 모르겠지만."

그러자, 흑설이 의문을 담은 눈빛으로 미내로를 돌아보며 말했다.

"예화 언니는 죽었잖아요?"

미내로는 대답하지 않고, 흑설의 머리카락을 비볐다.

흑설은 아직도 영문을 모르겠다는 듯이 고개를 갸웃하더니 곧 다시 우유를 홀짝이기 시작했다.

피월려는 흑설의 반응을 지켜보며 조금 애석한 마음이 들었다.

역시나 흑설은 예화의 흔적이라도 찾아볼까 하여 이곳을 들락날락한 것이 아니라, 우유를 마시고자 한 것이다. 그리고 그 목적을 이루면서 만족하고 있는 흑설은 어린아이의 순수한 얼굴을 가지고 있었다. 그 누구도 천살성이라고는 생각지 못할 것이다.

그렇게, 우유를 다 마신 흑설은 옆에 있는 미내로의 옷깃을 잡았다.

"왜 그러느냐? 더 줄까?"

"아뇨, 이제 괜찮아요. 그런데 설린 언니는 오늘부터 마법을 배우는 거죠? 아까 그랬잖아요. 당장에라도 시작하고 싶으시다고?"

"그랬지. 지금은 해가 떨어진 초저녁이니, 마나(mana)가 충만하여 마법을 익히기 좋은 시간대이다."

"그거 나도 가르쳐 주면 안 돼요?"

"뭐, 옆에서 같이 배워나 봐라. 너한테는 어떤 마법적 재능이 있을지 궁금하구나."

옆에서 그녀의 말을 듣고 있던 진설린이 한껏 기대에 부푼 표정으로 말했다.

"정말로 오늘부터 바로 가르쳐 주시는 거예요?"

미내로는 고개를 끄덕였다.

"너와 같은 나이에, 그런 재능을 가진 사람은 매우 드물다. 마법은 노력이나 시간과는 무관하고 재능과 운의 영향이 전부라고 해도 과언이 아니니, 지금 당장 시작한다고 해서 좋을 것도 나쁠 것도 없느니라."

옆에서 흑설이 다시 미내로의 옷깃을 잡아당겼다.

"전 언니보다 더 어린데요?"

미내로를 턱을 느리게 몇 번 쓸었다.

"내가 말을 잘못했구나. 설린이에게 있는 재능이라는 뜻은 다른 사람보다 뭔가 더 많은 것을 가지고 태어났다는 의미가 아니다. 아무리 재능이 있고 운이 있더라도 마법사가 되려면 무조건 넘어야 하는 산이 있는데, 설린이는 마법을 배우기도 전에 그것을 이미 넘었기 때문에 하는 말이었다."

"무조건 넘어야 하는 산을 이미 넘었다고요? 그게 뭐예요?"

피월려 또한 그 부분이 궁금해져 귀를 기울였다.

중원의 무공은 선천적인 영향이 매우 큰데, 그 이유는 바로 후천적인 노력과 기술이 담긴 무공의 역사가 깊고 방대하기 때문이다.

후천적인 부분은 모두 무공이 책임지니, 선천적인 부분에서만 개개인의 격차가 두드러지는 것이다. 마치, 농사를 짓는 좋은 비법은 원래부터 밭을 많이 가진 사람에게 더욱 유리한 것과 같다.

그러나 미내로가 말하는 좌도에서의 재능은 조금 다른 개념을 가진 듯했다. 그것이 무슨 뜻인지는 이해하지 못했지만, 그녀의 말 중에 노력과 시간과 무관하다는 것은 심공을 익히면서 깨달았던 것이기에, 피월려는 그녀가 말하려는 것이 용안심공에 적용될 수도 있다고 생각했다.

전에, 서화능도 용안심공이 좌도가 아니냐고 물었던 적이 있었다. 그때는 부정했지만, 지금은 어쩐지 그 말이 맞을 수도 있을 것 같다는 생각이 들었다.

미내로는 일정한 간격을 두며 주먹으로 식탁을 탁탁 내리쳤다.

좌도는 흑설처럼 어린아이가 이해할 수 있을 정도로 쉽게 설명할 수 있는 것이 아니기 때문이었다.

곧 그녀의 손이 멈췄고, 입술이 움직였다.

"아무리 생각해도 좋은 비유가 생각이 안 나는구나. 그냥 그런 게 있다."

오랜 시간 공들인 대답치고는 싱겁기 그지없었다. 하지만, 급한 것은 그녀가 아니고 피월려다. 피월려는 조용히 그녀에게 물었다.

"그래도 설명해 주시지 않겠습니까?"

미내로는 흑설에게서 피월려로 시선을 옮겼다.

"전에도 느꼈지만, 네놈은 마법에 관심이 많구나."

"그건 아닙니다. 단지, 제가 익히는 심공에 도움이 될까 하여 깨달음을 얻고자 하는 마음에 물은 것뿐입니다."

"뭐, 좋다. 설린이한테도 말해줘야 하는 부분이니까. 잘 들어라. 내 고향에서는 천금을 가져와도 쉽게 들을 수 있는 것이 아니니까."

"경청하겠습니다."

미내로는 헛기침을 하며 찻잔을 들어 여유롭게 한 모금을 마시면서 뜸을 들였다. 그러더니 옛 민담을 들려주는 노파처럼 자상한 목소리로 부드럽게 이야기를 시작했다.

"마법(魔法)이란, 의지의 발현(發現)이다. 이 세상에는 자연이 있고, 자연에는 섭리가 있다. 의지란 바로 이것을 깨부수는 것."

미내로는 그렇게 말하면서, 빈 찻잔을 눈높이로 들었다.

"자연의 섭리로는 이 찻잔은 절대 이 높이에 머무를 수 없다. 그 자연의 섭리 중 하나인, 만류인력(萬有引力)이 허락하지 않지. 그러나 이 찻잔은 지금 이 순간, 우리의 눈높이에 머무르지. 왜냐?"

"……"

"……"

"……"

미내로를 제외한 세 명은 모두 벙어리가 되었다. 무공을 익힌 피월려도, 천음지체의 오성을 가진 진설린도, 이 문제에 대해서만큼은 흑설보다 나을 것이 하나도 없었다.

미내로도 대답을 기대하지 않았는지, 즉시 말을 이었다.

"그 이유는 내가 이것을 손으로 들고 있기 때문이지. 그것도 모르느냐?"

"……."

"……."

"……."

"그렇다면, 나는 어떻게 이것을 들고 있을까?"

이번에도 대답하지 못하면, 이대로 머저리가 될 것 같은 자괴감에 피월려는 가까스로 답 하나를 생각해 내었다.

"저희에게 설명해 주기 위해서 들고 계신 것이 아닙니까?"

"나는 왜라고 묻지 않았다. 어떻게라고 물었지. 목적이 아니라 방법을 묻는 것이다."

피월려는 결국 머저리가 되었다. 그 반면에 흑설은 어린아이의 순수한 시각에서 생각할 수 있었고, 그렇기에 누구보다도 쉽게 답을 알아낼 수 있었다.

"팔로 들고 계시죠!"

"정확하다. 나는 이것을 팔로 들고 있지. 팔이라는 도구로 나는 이것을 들고 있는 것이다."

세 명은 다 같이 끄덕거렸다. 미내로가 만족스럽다는 듯 미소를 지으며 말을 이었다.

"바로 이것이 인간의 힘이다. 이유는 뭐가 되었든 중요하지 않다. 어쨌건, 인간이 의지를 갖추면, 자연의 섭리를 망쳐 버릴 수 있지. 그러나 인간도 자연에서 난 자연의 산물이다. 그 의지조차도 자연의 섭리를 거스를 순 없지. 그렇기에, 이 찻잔을 중력이라는 섭리로부터 자유롭게 만들면서 생기는 모순을 인간 자신이 떠안아야 한다. 이 경우에는, 내 무게가 이 찻잔만큼 더 무거워진 것이지. 내 스스로가 중력이라는 섭리에 더욱 영향을 받게 되는 것이다. 딱 찻잔의 양만큼 말이다. 그것을 가능케 하는 것이 바로 의지다. 그리고 이 의지를 발현하게 하는 도구는 바로 팔이고."

진설린은 손뼉을 딱 쳤고, 피월려는 눈의 초점을 잃었다. 흑설은 조금 이해가 가지 않는 듯이 머리를 긁적였다. 미내로는 그들의 반응을 구경하며 천천히 말을 이었다.

"다른 예를 들어보겠다. 은전 1억 개가 눈앞에 있다고 생각해 보거라. 그리고 누군가 그것을 모조리 땅에 쏟았다고 생각해라. 그러면 그 1억 개의 은전 중 어떤 것들은 앞을, 또 어떤 것들은 뒤를 위로 향하게 될 것이다. 그렇게 수조 번을 반복한다 해도, 1억 개의 모든 은전이 전부 앞면이 나오는 경우는 나오지 않을 것이다. 확률이 한없이 무에 가깝지. 그러나 그렇게 나오게 하는 방법이 있다. 무엇인지 알겠느냐?"

세 명은 누구도 대답하지 못했다. 그 엄청난 확률을 깨고 어떻게 1억 개의 은전을 모두 앞면이 나오게 할 수 있을까? 답은 뜻밖에 간단했다.

"누군가가, 1억 개의 은전이 모두 앞면이 나오게 할 것이라는 의지를 갖추고, 그것을 하나하나 모두 뒤집어서 꺼내면 된다."

"……"

"물론 엄청난 시간과 힘이 들 것이다. 그러나 어찌 됐든, 결과적으로 자연의 섭리 중 하나인 확률을 거스르는 것이 가능하다. 즉 인간의 의지는, 그것을 발현할 수 있는 도구를 가지게 되었을 때 자연의 섭리를 국소적으로 거스르는 것이 가능하다. 이렇게 말이다."

미내로가 뻗은 손바닥에 작은 불꽃이 피어올랐다. 그것은 내가고수가 손에 내력을 집약하여 불을 일으키는 삼매진화(三昧眞火)와는 근본적으로 다른 것이다.

그것은 미내로의 몸에서 어떤 힘이 뿜어진 것이 아니라, 손 주위의 공기가 어떤 의지를 갖추고 서로 부딪쳐 저절로 생긴 불이다.

세 쌍의 눈동자는 그 마법의 불꽃에서 눈을 돌릴 수 없었다.

"바람의 움직임은 무작위다. 그것이 섭리지. 그러나 그것을 나의 의지로 제어하여 불을 만들었다. 보통 사람들이 이것을 해내지 못하는 이유는 의지가 없어서 그런 것이 아니라, 도구가 없기 때문이다. 찻잔을 눈높이로 들 수 있는, 혹은 은전 1억 개를 일일이 뒤집을 수 있는 팔이 없는 것과 마찬가지다. 팔만 있다면, 누구든 가능하지."

피월려가 물었다.

"혹시 재능이란 그것을 말하는 것입니까? 남들이 가지고 있지 않은, 보이지 않는 팔 말입니다."

미내로가 주먹을 쥐자 그 속의 불꽃은 안개처럼 사라졌다. 그러자 진설린과 흑설은 잠에서 깨어난 듯 눈을 퍼뜩 뜨며 정신을 차렸다.

미내로의 깊은 눈동자가 피월려를 향했다.

"정확하다. 물론 그것은 후천적으로 익혀 가질 수도 있다. 그것은 스펠(Spell)이라 하여, 마법사들이 모두 기본적으로 익히는 것이지. 그러나 선천적으로 가지고 태어난 보이지 않는 팔. 그 집약된 의지는 마법사가 자기의 색깔을 가지게 되는 중심이 된다. 마법사가 갖춘 모든 의지가 한데 모여, 하나의 생명으로 발현되는 또 다른 나. 바로 페밀리어(Familiar)다. 이것은 노력으로 얻을 수 없는, 허락된 자에게만 주어지는 것이지. 그것을 가질 때, 비로소 마법사는 제대로 된 이름을 얻는다."

"린 매에게 그런 것이 있다는 것입니까?"

"집약된 의지라는 것은 곧 광기. 섭리를 깨부수는 가장 강력한 힘이다. 20년 동안, 답답한 감금 생활과 지독한 지병의 고통으로부터 생긴 그 거대한 광기가 흐르고 흘러 모인 것은 결국 무엇이냐? 그것이 뭉쳐 무엇을 만들어 냈느냐?"

공포.

갑자기 엄습하는 두려움.

피월려의 눈동자는 쉴 새 없이 움직인다.

그러나 눈에 포착되는 것은 하나밖에 없다.

시체! 시체! 시체!

그러나 그 시각은 뇌에 도달하지 못한다.

피월려의 머리는 진설린의 방을 회상하기 바쁘다.

인형! 인형! 인형!

깨닫지 못했다.

알지 못했다.

이 집 안 모든 시체의 눈이 항상 피월려를 향하고 있다는 것을.

그 방 안 모든 인형의 눈이 항상 피월려를 향하고 있다는 것을.

마(魔)란 곧 순수한, 그러나 제어된 광(狂)이다.

마기에서 느껴지는 공포의 근원은 원래 광기에 있는 것이다.

미내로가 입을 열고 말하기 시작했다. 그러자 시체들은 더는 피윌려를 보지 않았다. 마치 원래부터 그를 보지 않았던 것처럼.

"시체를 패밀리어로 가진 나는 네크로멘서(Necromancer)의 이름을 계승했다. 이 순간부터 인형을 패밀리어로 가진 설린은 퍼펫티어(Puppeteer)의 이름을 계승할 것이다. 발음이 어렵더라도 기억해 두어라. 그것은 곧 설린이의 정체성이 될 터이니."

"……."

안개가 갑자기 없어지듯, 살결을 떨리게 만들던 공포가 모두 없어졌다.

흔적조차 남기지 않고 사라져 버렸다.

바짝 쪼여졌던 근육과 피부가 느슨해지며 긴장이 풀렸고, 온몸에 식은땀이 일제히 분비되었다.

시원하다.

가슴이 내려앉는다.

그때였다.

크아아악!

소름 돋는 비명 소리다.

"무, 무슨 소리예요?"

당황한 진설린이 미내로를 보며 다급하게 물었고, 피윌려도 소리가 난 방향으로 고개를 돌려 기감을 끌어 올렸다. 흑설은 기분이 나쁜지, 양손으로 귀를 막고 울 것 같은 표정을 지었다.

미내로는 심각한 표정으로 중얼거렸다.

"이 소리는… 누군가 내 영역에 침입한 것이 틀림없다."

진설린은 깜짝 놀라며 양손을 입가에 가져갔다.

"정말요? 도둑이 든 건가요?"

"도둑? 도둑이오?"

흑설도 걱정하는 기색을 내비쳤다.

그러나 미내로는 곧 대수롭지 않다는 듯이 입술을 비틀었다.

"클클클. 정신을 못 차렸군. 내가 한 번 더 당할 정도로 어리석게 보였나? 걱정하지 마라. 이미 내 시체들이 침입자를 도륙하고 있을 테니까."

피월려는 그녀의 말에 한 가지 의문이 들었다. 그녀의 말에 의하면 도둑이 든 것은 이번이 처음이 아닌 듯한데, 묘장에 시체 말고 뭐가 있다고 도둑이 들겠는가? 가능성이 있는 것은, 묘구(墓寇)인데, 그들에게는 아쉽게도 묘장으로 오는 시체에는 돈이 될 만한 것이 아무것도 없다.

그것들은 낙양의 음지에서 누가 이렇다 할 장례도 치르지 못한 쓰레기에 지나지 않는다. 그나마 가진 금품은 관병이나

마방에 모두 탈탈 털리고, 남은 몸뚱어리는 화로에서 먼지로
돌아간다.

피월려가 물었다.

"전에도 도둑이 들었습니까?"

"흥! 두 번이나 들었다."

미내로는 그렇게 대답하며 곰방대 하나를 꺼냈다. 짙은 갈
색의 울퉁불퉁한 그 곰방대는 원래 나무 재질의 모습을 그대
로 가지고 있었다.

긴 나뭇가지의 속에 구멍을 뚫어 끝에 은을 씌운 것이 만
든 이의 정교한 솜씨를 뽐내고 있었다.

"그럼 이번이 세 번째입니까? 아까는 한 번 더 당할 정도라
고 말씀하시지 않으셨습니까?"

"도둑은 두 번 들었지. 그중에서 성공한 것은 한 번이다. 그
래서 그리 말한 것이야. 남자답지 않게 까다롭기는…… 불이
나 좀 붙이자."

마법으로 손에 불을 피워 곰방대에 불을 붙이는 그녀를 보
며, 피월려는 전에 그녀가 부탁한 일이 생각이 났다.

"아! 전에 삼을 도둑맞았다는 이야기가 바로 그것이군요!"

"그렇다."

"그렇다면, 대비를 해야 하지 않겠습니까? 이번 도둑들은
단순히 시체를 털러 온 묘구가 아니라, 어르신께서 소유하신

진귀한 것을 확실히 노리고 온 놈들임이 틀림없습니다."

"내가 말했잖느냐? 내 시체들이 지키고 있다고."

"전에도 도둑맞으셨다 하지 않으셨습니까?"

"그때는 대비하지 못했었다. 설마 내 것을 노리고 온 도둑인지 몰랐기 때문이다."

"정보는 어떻게 새나간 겁니까? 여기서 연구만 하시는 어르신께서 값진 물품을 가지고 있다는 사실은 본 교의 사람이라도 알기 어려운 것 아닙니까?"

"확신은 없지만, 아마 첫 번째에 들었던 그 도둑이 무슨 눈치를 챈 것이 아닌가 한다. 흑노, 암노와 격돌했으니, 이 묘장이 단순한 곳이 아니라는 것을 깨달은 게지."

피월려는 이해하기 어렵다는 표정을 지었다.

"설마 초절정고수에 해당하는 그들의 합격을 받고도, 도망갔다는 말입니까?"

"그놈은 인간치고 꽤 강했다. 엄청난 마기가 느껴져서, 나도 흑노와 암노를 내보낼 수밖에 없었지. 하여간 이틀 후에 여러 도둑이 나타나 성동격서와 같은 전문적인 수법으로 삼을 훔쳐 달아났다."

피월려는 고심하며 중얼거리듯 설명했다.

"그렇다는 뜻은, 첫 번째 고수는 우연하게 이곳에 와서 예상치 못한 반격으로 잠시 후퇴했다가 전문가들을 동원하여 그것을 훔쳐냈을 겁니다. 그들이 훔친 삼의 효능은 무엇입니까?"

"효능은 없다. 그냥 음기가 집약된 영약이라 보면 될 것이야. 주변의 사기(死氣)를 빨아들이고 그것을 생기로 전환하며 영생하는 식물이기에, 천성적으로 엄청난 음기를 가지고 있지."

"그렇군요. 그렇다면 음공의 고수가 그것을 훔치려 했을지 모릅니다. 음기가 강한 영약은 음공을 익힌 자에게는 엄청난 보약과도 같을 테니까요. 그런데 이번에 또다시 도둑이 들었다는 것은 아마 더 많은 보약을 훔치려는 의도로 보입니다. 혹시 음기가 강한 영약이 더 있으십니까?"

"내가 누구라 생각하느냐? 시체를 다루는 마법사니라. 음기(陰氣)라? 클클클. 사기(死氣)겠지. 하지만, 음(陰)의 정수가 사(死)인 것을 보면 음기라 해도 무방하겠지만 말이다."

"역시 그렇군요."

미내로는 피월려의 이야기를 흥미롭게 들으며 곰방대에서 입을 떼어 연기를 뿜었다.

"하여간, 그때 이후로 좀 더 방비에 신경을 쓰게 되었다. 그때 온 그 녀석 다섯이 와도, 침투조차 하지 못할 것이다."

그때였다. 단말마가 또 다시 묘장에 널리 퍼진 것은.

크아아아악!

피월려와 진설린 그리고 흑설은 고개를 두리번거리며 비명의 근원을 찾았다. 먼 거리에서 여러 번 지형에 부딪혀 도달한 소리라 그런지 공기 중에 낮게 깔려 그 위치를 알기 어려웠다.

크아아아악! 커어어어억!

또 다른 단말마가 메아리처럼 집 안을 울렸다. 하나의 것이 끝나기 전에, 또 다른 것이 시작되며 마치 하나의 연주곡처럼 서로의 비명에 비명으로 화답했다.

죽음의 음색은 반각 동안이나 반향을 일으켰다.

"쓰으읍. 이제 정리가 다 된 것 같군."

미내로는 다리를 꼬며, 곰방대를 물었다. 그녀의 표정에는 여유가 넘쳤다.

피월려는 비명이 이십을 넘어가면서부터 세는 것을 포기했다.

저녁 식사의 여운을 곰방대로 편안하게 즐기면서, 삼십은 족히 넘어가는 인간을 보지도 않고 모두 도살한 그녀에게서는 서화능과는 또 다른 위엄이 엿보였다.

흑설도 그녀가 멋져 보였는지, 미내로를 우러러보고 있었다.

푸른 눈동자와 노란 머리, 그리고 곰방대가 만들어낸 그 자태는 가히 천살성의 마음조차 빼앗을 만했다.

그런데 진설린은 뭔가 이상한지, 아미를 살짝 찌푸리며 말했다.

"이상해요. 아직 생기가 느껴지는걸요?"

미내로는 곰방대에서 입을 떼었다.

"뭐라? 어느 쪽으로?"

진설린은 한쪽을 가리켰다.

"저쪽이요."

곰방대는 던져졌다.

"These paltry shits! 영약을 노리는 것이야!"

미내로는 호랑이처럼 으르렁거렸다. 알 수 없는 언어에는 누가 들어도 욕설임을 확신할 만한 분노가 담겨 있었다. 피월려는 즉시 포권을 취하며 말했다.

"어르신, 제가 직접 가겠습니다."

피월려는 이렇다 할 대답을 듣지 않고 빠르게 밖으로 나섰다.

혹시나 미내로가 먼저 시체를 보내겠다고 말하면 자기가 직접 갈 수 있는 명분이 없기 때문이다.

미내로의 시체가 도둑을 죽이기 전에, 그 음공의 고수에 대해서 꼭 심문해야 한다. 왜냐하면 그는 음공의 고수가 아니라 오히려 양공의 고수일 수 있기 때문이다.

음양의 조화를 다시 찾으려는 극상승의 고수 말이다.

"서둘러야겠군."

대답도 듣지 않고 서둘러 밖으로 나온 피월려는 그믐달의 미약한 빛에 의지하여 한쪽으로 내달렸다.

차가운 밤공기에 섞인 피 냄새가 그의 마기를 조금씩 달궜다.

첫 번째로 시체를 발견한 것은, 숨이 차오르기도 전이었다. 그 시체는 태풍의 위력을 버티지 못하고 부러져 버린 고목과 같이 상반신과 하반신이 찢어져 있었다. 그리고 난잡하게 뒤섞긴 장기에서 각종 타액이 섞인 이상한 액체가 꾸물거리며 아직도 흘러나오고 있었다. 달빛이 적은 밤이라 그것의 색을 확인할 수 없다는 사실에 피월려는 안도했다. 만약 색까지 확인할 수 있었다면, 아무리 피월려가 무림인이라도 구토를 참아낼 수 없었을 것이다.

두 번째 시체는 깔끔했다. 너무 깔끔한 나머지 목 위로 아무것도 남아 있지 않았다.

그 시체의 위쪽으로는, 정체를 알 수 없는 뭔가가 이슬처럼 풀 위에 부채꼴 모양으로 흩뿌려져 달빛을 은은하게 받아내고 있었다. 그리고 군데군데 흩어져 있는 작은 덩어리들이 울퉁불퉁한 그림자를 속속들이 만들어내고 있었다. 피월려는 그 덩어리들이 무엇일까 궁금증이 들자마자 생각을 멈추고 자리를 떴다.

머리는 없고 작은 덩어리가 있다, 까지가 그의 마지막 생각이었다.

세 번째로 발견한 시체는 미내로와 같이 시체에 저명한 전문가가 봐도 그것이 인간의 시체인지 혹은 동물의 시체인지 알아볼 수 없을 정도로 훼손되어 있었다. 형태라고 할 것도 없이, 그냥 고깃덩어리를 쌓아놓고 붉은색의 핏물을 부으면 똑같이 만들 수 있을 정도였다. 그 고깃덩어리 한쪽에 세 동강으로 부러진 검만이 이것이 무림인의 시체라는 것을 말해줄 뿐이었다.

피월려는 이런 작품을 만들어 놓을 만한 사람이 누구인지 잘 알고 있었다.

환상 속의 괴물이 아니라면, 인간의 힘을 월등히 앞서는 강시의 괴력에 초절정급의 내력이 더해져야만 가능한 일이기 때문이다.

권법과 각법을 사용하던 흑노와 암노.

이토록 잔인한 수법을 몇 번이나 반복할 수 있으려면 인간의 인성을 가지고는 불가능했다.

"엄청나군……."

피월려는 인계에서 수라계를 열어버린 그들의 무위에 감탄할 수밖에 없었다.

그렇게 반각을 뛰었을까? 발견한 시체의 숫자를 손가락으로 세는 것이 불가능해졌을 때, 피월려의 눈에 작은 천막과도 같은 것이 보였다.

나무가 없는 공터에 허름한 휘장이 휘날리니 이토록 어두운 밤에도 보이지 않을 리가 없었다.

그런데 그 천막 앞에, 무시무시한 기운을 뿜어내는 한 노인이, 바른 자세로 팔짱을 끼고 정면을 응시하고 있었다. 흑백의 조화가 엿보이는 옷을 입은 것이 전에 보았던 그대로의 모습이었으나 흑노인지 암노인지는 알 수 없었다. 그런데 그때와 한 가지 다른 점이 있다면 소매에서부터 팔꿈치까지, 그리고 다리에서부터 무릎까지 피가 뚝뚝 떨어질 만큼 홍색으로 물들어 있었다는 점이다.

그리고 그 주변으로는 도합 열이 넘어가는 시체가 그 천막으로부터 뻗어나가는 형태로 내팽개쳐져 있었다.

마치 천막에서부터 도망치다가 도살을 당한 것 같은 모습이었다.

순간, 피월려는 그 노인과 눈이 마주쳤다는 것을 느꼈다. 그리고 그 즉시 오금이 저린 듯한 공포를 느꼈다.

그는 그때야 깨달았다. 여기까지 오며 보았던 모든 시체는 모두 이 천막에서부터 달아나는 형태로 죽어 있었다는 것을⋯⋯.

"젠장!"

욕설이 치밀지 않을 수가 없었다. 도둑들이 이곳에 침투하려다 죽은 것이 아니고 오히려 도망가다 죽었다면, 이것이 뜻하는 바는 매우 간단하다.

노인 강시에게 주어진 명령이 바로 '기감에 존재가 감지되면, 추격하여 죽인다'인 것이다. 그리고 피월려의 예상은 노인이 그를 향해 엄청난 속도로 보법을 펼치며 다가오는 것으로 확인되었다.

눈을 한 번 깜박이니, 절반이다.

두 번을 깜박이니, 코앞이다.

피월려는 검을 들어 방어했다.

콰콰쾅!

검은 기운이 물씬 풍기는 주먹에서 가공할 뇌성이 울려 퍼지며, 피월려의 쇠검을 수십 조각으로 작살냈다.

그 힘은 확실히 사람의 허리를 찢고, 머리를 부숴 버릴 수준이었다.

만약 피월려가 그 순간 손을 놓고 발을 들어 반동을 받으면서 넘겨내지 않았다면, 그의 육체는 그 힘을 받아 한 줌의 피육이 되었을 것이다.

신체가 붕 뜨며 뒤로 튕겨 나가자, 피월려는 마치 절벽에서 떨어지는 것 같은 기분을 느꼈다.

지금까지 느껴본 적이 없는 수준의 강한 바람을 가르는 상쾌함은 죽음의 문턱에 와버렸다는 사실조차 잊어버리게 하였다.

하지만, 이대로 끝난 것이 아니다. 오히려 시작이다.

피월려는 정신을 차리면서, 땅에 착지하려고 오른발을 내딛으려 했다.

일단 땅에 몸이 닿아야 힘을 주든지 빼든지 할 수 있기 때문이다. 그런데 어느새 따라잡은 그 노인이 주먹을 쥐면서 가공할 내력을 집중하는 것이 용안에 포착되었다.

공중에 몸이 떴을 때는 본능적으로 다리가 먼저 떨어지게 되는데, 그 다리에 힘을 주어 중심을 잡으려 한다. 그렇기에 다리가 떨어지는 그 움직임은 매우 유추하기 간단하고, 그것을 살짝만 건드려도 상대방은 그대로 균형이 무너져, 쉽게 넘어져 버리고 만다.

노인은 바로 그것을 노리는 것이다.

피월려는 가까스로 본능을 억제하여 무릎을 접어 올렸다. 찰나 후, 그의 다리가 있어야 할 곳에 노인의 주먹이 떨어졌다.

주먹은 피했지만 그 주위에 뿜어지는 막강한 위력에, 피월려의 허벅지 아래로 옷가지가 찢어지고 살갗까지 몇 겹이 벗겨졌다.

다리 하나를 고스란히 잃어버릴 상황에서 겨우 벗어났지만,

그는 그대로 안도할 수 없었다.

균형을 잡을 다리를 내딛지 못했으니 신형이 그대로 땅에 처박히게 생긴 것이다. 그러나 다리를 구한 것치고는 싼 대가다.

피월려는 얼굴부터 땅에 곤두박질쳤고, 몸은 땅에 부딪힌 뒤 다시 튕겨 올라갔다. 그때, 그 노인의 왼손이 갑자기 하늘에서부터 뻗어져 그의 멱살을 우악스럽게 붙잡았다.

피월려는 아차 싶었다. 그의 오른손에 너무 집중한 나머지, 왼손을 미처 살피지 못한 것이다. 그 왼손에는 내력조차 담지 않아서 극도로 은밀히 움직였고, 용안의 시야에서도 벗어나 있었다.

피월려는 이 수법을 본 적이 있었다. 흑노와 암노가 황룡검주와 싸울 때에, 황룡검주가 위기를 모면하기 위해서 황룡검에 가공할 내력을 실어 눈앞에 보여주고, 내력을 담지 않는 발로 상대의 관자놀이를 공격했었다. 피월려는 그것의 응용에 그대로 당한 것이다.

쿵!

붕 뜬 피월려의 몸을 땅에 찍어 누른 그 노인은 피월려 위로 완전히 올라탔다.

두 무릎으로 그의 다리를 봉쇄하고, 한 손으로는 멱살을 잡고, 다른 손으로는 주먹을 쥐고 피월려의 얼굴에 정통으로 꽂아 넣으려 했다.

피월려는 죽음이 눈앞에 있자 자신의 어리석음에 한탄했다.

도대체 무슨 생각으로 이곳에 온 것인가? 아무리 강력하다하나, 단순한 강시에 불과한 흑노와 암노가 어떻게 적아를 구분하겠는가?

후회는 아무리 빨라도 늦은 것이다.

그런데 한 가지 그의 머리를 스쳐 지나가는 것이 있었다. 그런 간단한 사고도 하지 못하는 강시가 어떻게 황룡검주의 수법을 응용할 수 있었을까?

피월려는 대화를 시도했다.

"미내로!"

우득!

주먹이 멈췄고, 피월려는 서둘러 문장을 끝냈다.

"미, 미내로 대주님이 보냈습니다."

노인은 그 상태에서 미동도 하지 않았다. 피월려는 재빨리 머리를 굴리면서 살길을 모색했다.

"천마신교 낙양지부의 일대원인 피월려입니다. 저를 기억하시는지요?"

그의 물음에 절대로 열리지 않을 것 같았던 그 노인의 입술이 벌어졌다.

"언제."

"20일 전, 천서휘 공자와의 일전에서 호법을 서시지 않으셨습니까?"

피월려는 간절한 표정을 지었으나, 노인의 공허한 눈빛에는 아무런 변화도 없었다.

그렇게 지옥과도 같은 한 다경이 흘렀다. 피월려는 멱살을 잡은 그 노인의 손길에서 힘이 빠지는 것을 느꼈다.

"기억나는군."

"그렇습니다."

"적이었다."

"이제는 아닙니다. 마교인이 되었습니다."

"마교인인가."

"예."

"확실히 주인의 냄새가 나는군."

그 노인은 서서히 일어났다. 피월려는 숨이 탁 멎어버릴 것 같아 몸에 힘이 들어가지 않았다.

죽음에서 벗어나는 기분은 정말이지 몇 번을 느껴도 적응되지 않는 지독한 것이다.

노인은 다시 일어서서는 그를 내려다보며 말했다.

"천막에 다가오면 죽인다."

피월려는 후다닥 고개를 끄덕였다. 그런데 그는 그 노인이 혼자인 것에 의문이 들었다.

"그런데 어째서 혼자 계신 겁니까? 다른 분은 안 보입니다."

"흑노는 북쪽에 있다. 나와는 다른 명이다."

"그분은 천막을 지키시지 않는다는 말이십니까?"

"암은 수. 혹은 공. 이것이 명이다."

즉, 암노는 수비를 하고 흑노는 공격을 하라는 것이다. 그렇다면 흑노가 이번 소동을 일으킨 주범과 가까이 있을 가능성이 컸다.

"알았습니다. 알려주셔서 감사합니다."

피월려는 포권을 취했지만, 암노는 그 인사를 받기는커녕 몸을 돌렸다.

"천막에 다가오면 죽인다."

그는 다시 보법을 펼쳐 천막 쪽으로 빠르게 사라졌다.

역시 강시는 강시라서 그런지, 깊은 생각을 하지 못하는 것이 분명했다.

20일 전을 기억하는 것조차 한 다경이 걸렸으니, 의사소통을 하는 데 있어 의심이라는 고차원적 사고를 하지 못하는 것이다.

그래서 전에 진파진에게 당하지 않았는가.

전투의 본능은 그대로 가졌으나, 어린아이의 사고를 넘지 못하는 것. 그것을 경험으로 확인하고 나니, 태음강시인 진설린이 얼마나 대단한 것인지 새삼 느낄 수 있었다.

그러나 피월려는 공상할 시간이 없었다.

"검도 없는데 말이지……."

그는 중얼거리면서, 천막을 넓게 돌아 흑노가 있다는 북쪽으로 걸음을 옮겼다.

피월려는 곧 언덕의 끝에 다다랐다. 이제부터는 사람의 발길이 닿지 않은 숲으로 굵기가 사람 허리만 한 고목들이 산을 뒤덮고 있었다.

그곳에서도 시체는 발견되었다. 전과 다를 바 없는 처참한 광경이었는데, 심지어 그 시체 중 하나는 높은 나뭇가지에 매달려 있을 정도였다.

그런데 한 가지 다른 점이 있다면, 그 시체들은 천막에서부터 도망가는 형태가 아니라, 무언가를 보호하기 위한 형태로 죽어 있었다는 점이다.

피월려는 이 숲 어딘가에 일의 주범이 있을 것으로 생각했다. 달빛이 없는 밤이라 숲에 들어가는 것은 매우 위험하지만, 달리 방도가 없는 그는 시체들이 가지고 있던 검 하나를 들고는 어쩔 수 없이 숲 안으로 들어섰다.

키르륵. 키르륵. 부엉부엉.

나무로 온통 시야가 가려지자마자, 숲의 소리가 그의 귀를 어지럽혔다. 바로 아래 언덕에서 이 소리를 듣지 못했다는 것이 이상할 정도로 시끄러웠다.

피월려는 오랜 무림 생활로 웬만한 것에는 긴장감을 느끼지 않았지만, 자연의 웅장함은 인간 본연의 것을 자극했다.

그의 신경은 떨어지는 낙엽 소리도 들릴 정도로 날카로워졌고, 무엇이 튀어나와도 놀랄 정도로 긴장해 있었다.

피월려는 흡사 사냥을 준비하는 호랑이마냥 은밀하게 걸음을 옮겼다.

그는 보법도 암공도 익히지 않았지만, 어린 날에 마치 보금자리처럼 지냈던 울창한 숲에 들어오니 자연스레 본능이 되살아난 것이다. 거기에 더해, 용안과 내력의 도움을 받으니 호랑이를 사냥하는 엽사였던 아버지의 움직임이 무의식적으로 재연되었다.

피월려는 나무와 풀의 냄새에 섞인 미약한 혈향을 찾아 코를 킁킁거렸다. 그런데 이상하게도 바로 전보다 혈향을 추적하기 어려웠다. 추분(秋分)이 지나 한로(寒露)에 가까운 때라, 공기 중에 녹아든 한기가 그의 코를 서서히 마비시킨 것이다. 이대로 아무런 냄새를 맡지 못하게 되기 전까지, 어서 찾아야 했다.

그는 서둘러 다음 시체를 찾았다. 흑노의 놀라운 힘 때문에, 맹수가 먹다 남긴 것처럼 보일 정도로 잔인하게 찢긴 육체는 계속해서 그를 북쪽으로 유도하고 있었다. 그렇게 점점 더

깊어지는 숲속은 한 치 앞을 가늠할 수 없을 정도로 어두웠고, 날카로운 나뭇가지는 피월려의 옷깃을 하나하나 벗겨 내고 있었다.

반 시진이 지나고, 피월려는 결국 흑노를 찾을 수 있었다.

처음 그가 시야에 들어오자마자 든 생각은 의아함이었다. 피월려는 암노의 경우를 생각해 흑노가 그를 적으로 인식하고 공격할 경우, 미내로의 이름을 외치려고 준비하고 있었다. 그런데 정작 흑노는 피월려가 매우 가까운 거리까지 다가갔음에도 아무런 반응이 없었다. 암노의 경우를 생각해도, 이 정도 거리면 흑노가 피월려의 존재를 인식하지 못할 이유가 없었다.

흑노는 동물들도 다니지 않을 정도로 험난한 곳에서, 홀로 고개를 들고 공허한 시선으로 하늘을 멍하니 바라보고 있었다.

강시야 원래 공허한 눈빛으로 멍하니 있기를 좋아한다 해도, 전투가 진행되는 지금 상황에서 그의 행동은 이해하기 어려운 것이다.

사람의 키는커녕 건물의 높이도 훌쩍 넘기는 고목들 탓에, 밤하늘이 전부 나뭇잎으로 가려져 있어 딱히 별을 구경할 수 있는 것도 아니다.

피월려는 흑노의 상태가 뭔가 이상하다는 것을 깨닫고는

풀숲을 헤쳐 그에게 다가갔다.

그런데 갑자기 지독한 안개가 확 그를 덮쳤다. 흰색도 아닌 회색으로 이뤄진 것이, 마치 미내로가 뿜어대던 연기가 가득한 방 안에 있는 것 같았다. 나무와 풀 말고는 아무것도 없었던 숲속에서 순식간에 일어난 일치고는 너무 기이한 일이었다.

피월녀는 현실에서 동떨어진 듯한, 이 묘한 기분을 잘 알았다. 낙양지부에서 복도를 걸을 때, 항상 느끼는 기분이었기 때문이다.

'진법이다!'

피월려는 이제야 왜 흑노가 그렇게 있었는지 이해가 갔다. 진법에 빠져 자기 자신 외에 아무것도 기감에 잡히지 않으니, 아무런 행동도 할 수 없던 것이다.

진법이란 천지인에서 기인한 것이므로, 하늘을 피하는 것이 기본이다. 따라서 피월려는 진법을 숲속에서 마주칠 줄은 꿈에도 몰랐는데, 숲이 워낙 울창하다 보니 하늘을 가린 것이다.

아차 싶은 피월려는 머리를 싸매고 고민하기 시작했다. 강시인 흑노야 오랫동안 먹지도 자지도 않고 버틸 수 있겠지만, 사람인 피월려는 한시바삐 이곳을 벗어나는 것이 중요하기 때문이다. 그러나 오감이 완전히 마비된 이상, 피월려가 할 수 있는 것은 지극히 적었다.

"안녕?"

피월려는 흠칫했다. 그러고는 한 번의 긴 호흡을 하고 눈을 들어 뒤를 보았는데, 그곳에는 흑설의 나이 정도로 보이는 한 여자아이가 맑은 웃음을 터뜨리며 손을 흔들고 있었다.

그 아이는 원래 피부의 색을 알 수 없을 정도로 더러운 몰골과 넝마가 된 옷을 입고 있었는데, 한눈에 보아도 거지라는 것을 알 수 있었다.

그 아이를 본 피월려의 눈빛이 크게 흔들렸다.

"환영까지… 보이는 건가……"

안 좋았다. 심히 안 좋았다.

피월려가 지금 상황에서 그나마 가진 힘은 정신력인데, 환영은 정신력을 서서히 갉아먹는다.

그 여자아이는 웃으며 말했다.

"나 기억나?"

당연히 기억난다.

뭐든지 첫 번째는 잊을 수 없는 법이다.

"어."

"정말?"

"어."

"그럼 나를 죽인 날도 기억나?"

"기억나지."

그날은 피월려에게 있어 정말 재수 없던 날을 손꼽으라면 꼭 들어가는 날이다.

여자아이가 말했다.

"어떻게 나처럼 어린애를 죽일 수 있어? 겨우 열세 살이었다고! 너무 매정해!"

냉혹한 무림에도 선은 분명히 존재했다. 흑도에서도 무공을 모르고 아무런 상관도 없는 범인을 죽이는 것은 옳지 못하다고 여기는 자가 수두룩한데, 이제 막 꽃이 피려는 순수한 열세 살짜리 여자아이를 죽인 피월려는 선을 넘어도 한참 넘은 것이다.

천하의 어떤 기준에서도 천하의 몹쓸 놈이 따로 없다. 그러나 여기에는 한 가지 간과된 사실이 존재한다.

피월려가 더 어렸었다.

"난 열한 살이었잖아."

"그런데?"

"그리고 네 오라비가 먼저 날 죽이려 했잖아? 네 오라버니가 한 일 기억 안 나?"

"근데 왜 내가 죽어야 했는데?"

"팔자지."

"뭐?"

피월려는 심드렁하게 말했다.

"팔자라고."

"닥쳐!"

"……"

"닥쳐! 닥쳐!"

목소리가 점차 갈라지면서 여러 사람의 목소리로 변했고 기하급수적으로 늘어났다. 소년의, 소녀의, 남자의, 여자의, 노인의… 피월려가 지금껏 죽였던 모든 사람의 목소리가 흘러나왔다.

피월려는 그 여자아이의 목을 일도양단했다.

화아악!

여자아이는 안개로 변해 사라졌다.

"젠장."

피월려는 육신이 폭삭 늙어버린 듯한 느낌이 들었다.

툭.

검이 손아귀에서 떨어지며 역시 연기로 변해 사라졌다.

털썩.

몸이 땅에 엎어졌다.

그는 정신을 잃었다.

피월려는 꿈을 꾸고 있었다.

정신력이 고갈된 그의 뇌는 많은 상상력을 동원할 수 없었기에 과거의 기억을 그대로 재생하는 것으로 꿈을 채울 수밖에 없었다. 그렇다 보니 꿈은 매우 현실적이었고, 꿈속의 피월려는 그 꿈이 현실이 아니라는 것을 조금도 의심하지 못했다.

어린 시절의 따뜻했던 집과 아버지를 잃고 어머니와 생활했던 기방……. 그리고 낭인이 되어 수많은 사람을 죽이던 일까지도. 실제로 있었던 일과 전혀 다른 것이 없었다.

피월려는 그렇게 지금까지 있었던 모든 일을 다시금 따라가고 있었다. 그런데 단 한 가지, 모든 상황에서 사실과는 거리가 먼 것이 있었다.

아버지를 잃고 울음을 터뜨렸을 때도.

어머니의 시신을 장사 지낼 때도.

백호의 심장을 꺼내 먹었을 때도.

생사의 갈림길에서 살아남았을 때도.

수많은 사람의 목숨을 취했을 때도.

그의 어깨 위에 올라탄 흑설은 자꾸만 피월려의 볼을 핥았다.

할짝. 할짝. 츄르릅. 할짝.

상당히 귀찮은 녀석이 아닐 수 없다.

할짝. 할짝. 츄르릅. 할짝.

땀으로 몸을 적시고, 피로 몸을 씻어도 흑설은 그의 어깨에서 도통 내려올 생각을 하지 않는다. 몸을 흔들어도, 검으로 베어도, 심지어 절벽에서 떨어져 봐도, 볼을 핥아대는 흑설을 도저히 말릴 수 없다.

할짝. 할짝. 츄르릅. 할짝.

피월려는 어느 순간부터 완전히 포기했다. 흑설에 대한 생각을 완전히 지운 채로, 그저 꿈이 이끄는 대로 따라갔다. 그리고 결국 그는 흑노를 발견하고 진법에 빠지는 상황까지 도착했다.

온통 안개로 뒤덮인 그곳에서 피월려는 다시금 잠에 빠져들었고, 그 모습을 옆에서 또 다른 피월려가 지켜보고 있었다.

그런데 어린아이처럼 새근새근 잠을 청하는 주인공 피월려 위로, 달빛을 반사하는 은색 털의 작은 여우가 다가왔다. 그 여우는 보통 여우와는 다르게 자신의 몸뚱어리보다 훨씬 거대한 꼬리를 아홉 개나 가지고 있었다.

그 풍성한 아홉 개의 꼬리는 여우가 한 번 발을 내디딜 때마다, 양옆으로 크게 흔들거리며 사람의 눈길을 빼앗는 춤을 추었다.

그 여우는 피월려의 어깨에 올라타고는 그의 볼을 할짝거리기 시작했다.

관찰자 피월려는 주인공 피월려가 되어, 감긴 눈을 스르르 떴다.

"너, 너는? 아, 아루타?"

피월려는 눈앞에 있는 보름달 두 개를 번갈아가며 보았다. 그것은 인간의 눈동자와는 판이한, 자연 그대로의 것이었다.

아루타는 눈망울을 깜박이며 한 번 더 피월려의 볼을 핥았다.

[기억하시네요? 괜찮아요?]

머리를 울리는 공명음.

피월려는 신물주가 갇혀 있었던 동굴에서 자기를 구미호라 소개했던 아루타를 기억했다.

"아… 환상이 아니었던가? 그러고 보니!"

갑자기 혹설이 데리고 있던 여우가 생각이 났다. 아루타라는 똑같은 이름을 가진 그 여우는 아홉 개의 꼬리만 없었지, 눈앞의 아루타와 완전히 똑같은 생김새를 가지고 있었다.

피월려는 손을 들어 이마를 딱 쳤다.

"어떻게 모를 수가 있지? 어떻게……."

피월려는 지금까지 눈치채지 못했다는 사실이 너무나 기가 막혔다. 처음 아루타라는 이름을 들었을 때 어떤 위화감이 들었으나 그는 별일 아닐 것으로 생각하고는 그냥 무시해 버렸었다.

아루타는 앞발로 피월려의 볼을 툭툭 건드렸다.

[이상하게 생각하지 마세요. 제가 기억을 지운 거니까요.]

피월려는 놀람을 금치 못했다.

"뭐? 기억을 지워? 어떻게?"

아루타는 새빨간 혀를 내밀면서 아홉 개의 꼬리를 흔들었는데, 홀짝으로 번갈아가며 다섯 개와 네 개를 교차하듯 움직였다.

마치 사람이 어떤 고민을 할 때, 무의식적으로 손가락을 교차하여 깍지를 끼는 것과 비슷한 모습이었다.

[흐응… 그냥 도술(道術)이라 생각해요!]

피월려는 처음 마법에 대해서 들었을 때만큼이나 어처구니가 없었다.

"도술? 네가 무슨 신선(神仙)이라도 되니?"

[신선은 아니고 요선(妖仙)쯤 되죠.]

피월려는 우쭐거리는 아루타에 헛웃음을 지었다.

"그러면 요술(妖術)이지, 도술이니?"

[요술은 요괴(妖怪)가 하는 거고요. 전 엄연히 요선의 길을

걷고 있어요.]

"그게 뭐가 달라."

[에이, 인간들은 모르는 그런 게 있어요.]

아루타는 심술이 난 듯, 헛바닥으로 피월려의 볼을 거칠게 쓸었다.

어린아이를 보는 듯한 귀여움을 느낀 피월려는 피식 웃으며 몸을 일으켰다. 구토를 유발하는 약간의 빈혈이 생겼고, 그는 머리를 흔들며 그것을 떨쳐내었다.

주위를 보니 그는 아직도 안개 속에 있었다.

"역시 진법에서 벗어난 것이 아니구나."

아루타는 희망찬 목소리로 응원하듯 외쳤다.

[그래서 제가 왔지요! 피월려를 구해주러 왔어요!]

피월려는 피식 웃었다.

전에도 그렇고, 이번에도 그렇듯, 그는 아루타가 실존한다고 생각하지 않았다. 저번에 아루타를 보았을 때는 춥고 낯선 환경에 감금되었던 상황이었고, 지금은 지독한 안개로 가득한 진법에 빠진 상황이다.

이 두 상황의 공통점은 정신이 올바른 상태가 아니라는 것과 혼자서는 도저히 벗어날 수 없는 위험에 처해 있다는 것이다. 즉, 다른 이의 도움을 간절하게 바라는 마음이 쇠약해진 정신을 속이고 환영을 만들어낼 수 있는 충분한 가능성이 있다.

만약 아니라면, 정상적인 상황에서도 아루타에 관한 흔적이 발견돼야 하는데 지금까지 아무런 증거도 찾지 못했다. 아니, 오히려 아루타에 대해서 완전히 망각했다. 그것은 마치 좋은 낮잠을 자고 난 뒤에, 꿈을 기억할 수 없던 것과 같은 느낌이었다.

피월려는 흑설이 가지고 있던 그 어린 여우를 생각했다. 그점이 마음에 걸리기는 하지만, 환상의 모습이 현실의 것을 빌리는 경우는 허다하다.

그의 무의식은 아마 또 다시 이번 일을 기억에서 지워 버릴것이다. 그런 생각을 품자, 피월려는 마음이 놀랄 정도로 편해지는 것을 느꼈다.

완전한 미지의 영역인 진법에서 결코 생사를 장담할 수 없음에도 피월려는 한계까지 육체를 수련하여 땀을 쏟아야지만 도달하는 평정심(平靜心)에 이르렀다.

마치 자각몽(自覺夢)을 꾸는 것 같다.

피월려가 물었다.

"그래? 어떻게 구해줄 건데?"

[글쎄요. 그건 생각해 보지 않았는걸요?]

"무슨 뜻이야?"

아루타는 꼬리 두 개를 비비 꼬면서 앞발을 비벼댔다.

[피월려가 위험에 처했다는 걸 알게 된 즉시 여기 온 거예요. 그래서…….]

"그래서?"

[탈출 방법 같은 건 생각하지 않았어요. 헤헤헤.]

"……."

[몸 상태는 어때요?]

피월려는 벌러덩 누웠다.

"머리만 제외하면 나쁘지 않아."

아루타는 껑충 뛰어서 그의 가슴팍에 안착했다. 그리고는 꼬리를 다섯 개나 써서 피월려의 머리를 쓰다듬었다.

[머리요? 어떻게 아픈데요?]

'웬 요괴 여우 한 마리가 눈에 보여. 그러니 머리가 정상은 아닌 게지.'

피월려는 그렇게 말하고 싶었지만, 희망도 보이지 않는 이 상황에서 괜찮은 말동무를 슬프게 하고 싶지 않았다.

그리고 이 귀여운 아기 여우의 말을 듣고 있노라면, 꼭 흑설의 나이 정도 되는 어린 여자아이가 연상되었기에, 마치 어린아이를 상대하는 것같이 조심스러워지는 부분도 없지 않아 있었다.

"그냥 좀 편두통 같은 거."

[편두통이요? 그게 뭐예요?]

"몰라? 편두통?"

[몰라요. 그거 머리를 맞았을 때처럼 아픈 건가요?]

"그거라기보다는 뼈가 아리는 듯한 고통이 머릿속에서 느껴지는 것이지"

[정말요? 으으… 아프겠다!]

"그것보다는 강도가 낮아. 그냥 어질어질하고 그러는 거지."

[어떻게 해서 아파진 건데요?]

"심력(心力)을 소모하면 아픈 거야. 근력(筋力)을 소모하면 근육이 아픈 것처럼"

[그래요? 이상하네요! 심력을 소모하는데 왜 머리가 아파요? 마음이 아파야 하는 거 아니에요?]

"그거야……."

피월려는 순간 말문이 막혔다. 그러고 보면 용안심공의 부작용도 마음이라기보다는 정신에 있었다.

[흐응? 피월려?]

아루타의 재촉에 피월려는 머리를 긁적였다.

"뭐, 이건 추측이지만, 심력과 정신력은 하나이기 때문이라 생각해."

[심력과 정신력이요?]

"웅. 같은 건데 다르게 표현한 것이지."

[그러면 정신력을 소모하면 편두통이 생기는 거네요?]

도대체 머리가 아프다는 것에서 어쩌다가 정신력까지 오게 됐는지 알 길이 없다.

대화의 신비를 다시 한번 느낀 피월려는 고개를 도리도리 흔들었다.

"그런 거지, 뭐. 별것도 아닌 게 복잡하네."

[피이, 나랑 말하기 귀찮아요?]

"그런 건 아니고. 그냥 피곤한 거야."

[그게 그거죠.]

"그래. 미안하다. 하지만, 내가… 어어엇!"

피월려는 갑자기 무언가가 온몸을 휘감아 올리는 탓에 앓는 소리를 내지 않을 수 없었다.

마른하늘에 날벼락이 떨어진 것처럼 놀란 피월려는 중력을 무시하고 공중에 붕 떠오른 몸을 가누고자 팔다리를 허우적거렸다. 그러나 아루타의 풍성한 아홉 꼬리는 그 크기만큼이나 거대한 탄력과 유연성을 뽐내며, 극양혈마공의 내력이 담긴 피월려의 몸짓조차도 갓난아이의 것으로 만들어 버렸다.

[가만있어요. 원하는 대로, 데리고 나가줄게요.]

"뭐, 뭐야? 너?"

하늘거리는 가는 은색 털 사이로 도도하게 걷는 아루타의 뒤태가 눈에 보였다. 아루타는 슬쩍 뒤로 고개를 돌리며 피월려를 보더니 보름달과 같은 두 눈을 반달로 만들며 코를 찡긋했다.

피월려는 여우에 대해서 아무것도 모르는 문외한이었지만, 지금 아루타의 표정은 절대적으로 비웃음이 확실했다. 역시 평범한 여우가 아닌 구미호다 보니, 인간의 감정을 표현하는 것이 너무나도 자연스러웠다.

[쿠쿠쿠.]

짐승 주제에 사람을 비웃다니 괘씸하기 그지없었다.

그러나 피월려가 지금 할 수 있는 것이라고는 거미줄에 걸린 나비마냥 아루타의 꼬리에 대롱대롱 매달려 있는 것밖에는 없었다.

일각을 걸었을까?

공중에서 흔들거리다 보니, 아루타의 꼬리털이 하나둘씩 피월려의 옷 속으로 파고들기 시작했다. 털 하나하나가 매끄럽고 빳빳했기에, 피월려가 입은 천옷으로는 도저히 당해낼 수 없었다.

그렇게 온몸 구석구석 파고든 아루타의 털이 서서히 피월려의 민감한 피부를 쓸면서 간지럼을 태우기 시작했다.

[다 왔어요.]

"어? 크흠!"

[다 왔다고요. 그런데 왜 이렇게 얼굴이 빨개요?]

피월려는 입을 열지 않고 손바닥을 흔들거렸을 뿐이다. 아루타는 의심하는 눈초리로 그를 바라보았지만 일단은 공손히 내려주었다.

땅에 몸이 닿자 아루타는 꼬리를 거두었고, 피월려는 몸을 일으켰다.

아루타가 말했다.

[그럼 난 이만 갈게요. 마음 같아서는 묘장에 데려다주고 싶지만, 그 진법의 유일한 생문(生門)이 여기서 끝나기 때문에 어쩔 수 없네요. 그래도 이 정도면 충분하죠?]

"응."

[피이… 뭐야. 그럼 안녕히 계셔요.]

정신이 다른 곳에 팔린 피월려는 성의 없이 대답했고, 아루타는 한 번 홍, 거리더니 곧 안개 속으로 사라졌다.

그 모습을 멍하니 바라보던 피월려의 동공은 점차 힘을 잃었고, 머리는 백지처럼 하얗게 변했다. 그렇게 피월려의 기억은 서서히 옅어지는 안개와 함께 사라졌다.

*   *   *

"뭐지?"

피월려는 무의식적으로 양손으로 관자놀이를 짚었다. 굵게 튀어나온 혈관이 쿵쿵거렸고 심장박동을 타고 흐르는 혈류가 매우 거칠었다.

이는 최근에 정신력의 소모가 있었다는 뜻인데, 당연히 있어야 할 편두통은 느껴지지 않았다.

그는 쭈그린 자세로 앉아 한동안 정신이 맑아지기를 기다렸다.

고통이 느껴지지 않는 피로는 쉽게 간과할 수 있어, 위험한 상황을 초래하기 때문이다. 게다가 그것이 정신적인 면이라면, 위험함을 넘어 치명적인 상황을 만나도 제대로 자각조차 못하고 그대로 당해 버리기 일쑤다.

피월려는 눈을 감고 숨 쉬는 데 모든 것을 집중했다. 공기 속에 있는 만기를 호흡하며 진법에 의해 오염된 몸을 깨끗하게 청소했다.

피월려의 몸에 쌓인 탁기는 조금씩 그의 입을 통해 밖으로 배출되었다.

일각 정도가 흐르고, 피월려는 눈을 떴다. 순수한 마기가 겉도는 마인의 안광이 그의 눈에서 뿜어졌고, 은은한 두려움을 자극하는 마인의 향기가 전신에서 서서히 퍼져 나왔다.

마치 깊은 운기조식을 운행하고 충분한 휴식을 취한 것 같았다.

그러나 흐름이 끊긴 기억은 돌아오지 않았다.

"어떻게 여기 온 거지?"

피윌려는 캄캄한 주위를 둘러보며 중얼거렸다. 작은 소리임에도 그의 목소리는 메아리쳤다.

그는 콧속에서 느껴지는 공기 중의 습기와 뚝뚝 떨어지는 물소리 덕분에 이곳이 어떤 자연 동굴이라는 것을 깨달을 수 있었다.

그러나 어찌하다가 이곳에 오게 되었는지는 도저히 생각이 나지 않았다.

단지 설명할 수 없는 평온함과 따뜻함만이 그의 마음에 살아 있었을 뿐이었다. 좋은 꿈을 꾸고 난 뒤 남은 좋은 여운 때문에, 그 꿈을 아무리 기억하려 애써도 기억나지 않는 것과 같았다.

그때였다.

"자! 얼른 떠날 채비를 해라!"

"넵!"

"시간이 별로 많지 않으니까, 중요하지 않은 건 모두 버려."

"넵!"

미약하지만 세밀하게 들리는 대화 소리가 피윌려의 귓가를 간지럽게 했다.

동굴이라 그런지 소리가 울려서, 작은 소리임에도 그 대화를 알아들을 수 있었다.

피월려는 한 손으로 벽을 짚고, 소리가 들리는 곳을 향해 나아가기 시작했다.

미끈거리는 바위를 이용해서 이리저리 뛰어다니며 한 마리의 짐승이 되어 날렵하게 움직였다.

동굴에서는 소리가 중첩되기 때문에, 소리로 파악하는 체감 거리보다 실제 거리가 오 할은 더 길다. 피월려는 아무리 가도 통 가까워지지 않는 것을 느꼈다. 대화를 들어보면 언제라도 이곳을 떠나려고 하는 것이 이대로는 놓쳐 버릴 것만 같았다.

피월려는 속도를 높이기 위해서, 은밀히 움직이는 것을 포기했다. 그가 디디는 발소리가 거칠어지며, 두 배 이상으로 빠른 추진력을 내었다.

"누군가 옵니다!"

"누구냐!"

"서둘러라!"

역시 가도무는 이곳에 없다.

마기도 느껴지지 않았지만, 더욱 확실한 것은 대화 소리 중에 피월려가 아는 자가 있었고, 그자는 가도무와 별로 연관성이 없었다. 즉, 이번 일은 가도무와 연관이 없는 도둑들의 일이다.

피월려는 곧 일렁이는 횃불의 그림자를 따라 분주하게 움직이는 여러 인형(人形)을 볼 수 있었다. 그는 조금도 지체하지 않고 그 무리를 덮쳤다.

"어엇!"

"크아악!"

피월려는 검을 휘둘렀다.

검술도, 초식도, 내력도 없이, 그저 본능에 충실하게 검을 내질렀다.

어떠한 움직임이 느껴지면 따라가 찌른다. 이것이 그의 머릿속에 존재하는 생각 전부였다.

네 명의 비명이 연달아 울리고, 피월려는 호흡을 가다듬으며 공중에 검을 휘둘러서 검신에 흐르는 피를 뿌렸다.

"귀신이 따로 없군."

피월려는 흠칫 놀라며 목소리가 난 방향을 돌아보았다. 그곳에는 허름한 짐마차 위에 두꺼운 천 망토를 두른 좌추가 주름진 얼굴을 일그러뜨리고 있었다.

피월려는 그가 살아 있다는 사실이 조금 의아했다. 이성을 반쯤 내놓고 본능적인 검술을 펼쳤으니, 그의 본능에 걸렸다면 살아 있을 리가 없었기 때문이다.

피월려는 검을 그에게 겨누며 말했다.

"살아 있었소? 죽이려고 했소만."

좌추는 비릿한 미소를 얼굴에 그렸다.

"살인마에게서 어떤 놈들이 살아남는 줄 아나? 같이 미친 듯이 받아치는 놈들이야. 하지만, 일 할 정도의 경우에는 조용히 웅크리는 유형이 살아남지."

"오호? 왜 그렇소?"

"살인마의 성향 때문이지. 가끔이지만, '인간'을 '감각'보다는 '움직임'으로 파악하는 자들이 있으니까. 인간의 다양성이 놀랍지 않나? 생존에 적합하지 않은 행동이라도 결국 어떠한 상황에 놓이느냐에 따라 달라지는 법이지."

좌추는 피월려가 무의식적으로 검술을 펼치는 것을 눈치채고는 조금도 움직이지 않아 피월려의 본능을 피해갈 수 있던 것이다.

피월려는 감탄을 감추지 않았다.

"대단하시오."

"그리 놀라지 마라. 전에 무형검을 추구한다고 내게 말했잖느냐? 그걸 몰랐으면 이런 판단이 안 섰겠지."

"그 짧은 시간에 그것을 기억하여 조금도 움직이지 않겠다는 판단을 내린 것이오?"

"그렇게 말하니 뭔가 대단한 거 같지만, 뭐. 그렇지."

피월려는 혀를 내둘렀다.

"역시 연륜은 절대로 무시할 수 없소."

"큭큭큭. 아무리 고장 난 늙은 머리라도 죽음 앞에서는 맹렬히 돌아가는 법이다. 그런데 왜 굳이 그런 검술을 펼친 것이냐?"

"다수의 하수를 도륙할 땐 이게 좋소."

그렇게 퉁명스럽게 대답한 피월려는 도둑들의 시체를 하나하나 살폈다. 무공은 형편없었지만 도둑질만큼은 실력이 좋았는지, 단환같이 보이는 것을 총 스무 개 이상이나 가지고 있었다.

삼십 명이 넘어가는 희생을 치렀다 하나, 그래도 용케 흑노와 암노의 벽을 뚫고 도둑질에 성공한 것이다.

그 단환을 모두 모은 피월려는 한 보따리에 싸서 허리에 매었다.

그러고는 좌추에게 다가갔다. 그의 표정은 아무런 감정도 담지 않는 얼음장과 같았다.

"자, 봅시다. 내가 부탁한 삼에 관해서 정보를 얻어서, 한 주먹거리도 안 되는 도둑들을 모아다가 이 일을 꾸민 것이오? 대단하오! 이렇게 뒤통수를 맞을지는 몰랐소만?"

"이렇게 된 이상, 부정하지 않겠다."

이상하게도 그렇게 말하는 좌추의 얼굴에는 자신감이 엿보였다.

피월려는 고개를 숙이며 입맛을 몇 번 다셨고, 다시 고개를 들어 좌추의 눈을 응시했다.

"내가 무의식적으로 검을 펼친 이유는 사실 또 하나 있소. 혹시 뭔지 아시오?"

"글쎄, 모르겠다."

"바로 어르신의 세 치 혀에 농락당하기 전에 그냥 일을 끝내고 싶어서 그랬소. 저번에도 그런 적이 한 번 있는데, 의외로 깨끗하게 마무리가 지어지더이다."

"그렇다면 왜 죽이지 않느냐? 이유를 모르겠군. 어째서 생각이 바뀐 것이지?"

피월려는 함박웃음을 지으며 보따리를 들어 좌추의 얼굴에 들이댔다.

"이 영약들! 전부 음기를 품고 있지 않소?"

피월려는 회심의 미소를 지었다. 그러나 좌추는 영문을 모르겠다는 듯이 어깨를 들썩였다.

"그러한데?"

"게다가 먹기 좋은 양으로 정제된 것을 보면 식용이오."

"무슨 말을 하고 싶은 건지 모르겠구나."

피월려는 숨도 고르지 않고 추궁을 이어갔다.

"가도무를 아시오?"

"누구?"

"가도무."

"글쎄, 들어본 일이 없다."

"천마신교의 마인으로서, 양공을 극성으로 익힌 자요. 지금 몸 상태가 매우 좋지 않기에 음기를 찾아 전 중원을 헤매고 있소."

"그래서?"

"이거, 그자가 시킨 일이오?"

"그자가 누군지도 모르겠거니와, 노부는 누군가 시켜서 이런 일을 하지도 않는다."

좌추는 눈 하나 깜짝하지 않고, 표정 하나 변하지 않으며, 피월려의 질문이 완전히 끝나기도 전에 답을 내놓았다. 피월려는 좌추에게서 거짓말하는 사람의 특징을 전혀 찾을 수 없었다.

하지만, 평생을 거짓말만 하고 산 늙은 도둑이 거짓말에 능숙하지 않을 리 없다.

이런 자를 상대로 괜히 감각적으로 판단을 내리려다간 오히려 설득당하기 십상이다.

피월려는 철저하게 논리적으로 생각하며 물었다.

"그렇다면 여기 있는 영약이 왜 죄다 음기를 품고 있소?"

"그곳에 음기를 품은 것밖에 있질 않았기 때문이지. 묘장에 사는 어떤 기인이 시체의 사기로부터 만들어낸 영약이다. 양기를 품은 영약이 있을 리가 없지 않은가?"

"묘장에 기인이 있다는 사실은 어떻게 알았소?"

"네가 가져다준 정보 덕이다. 만드라고라(Mandragora)는 중원에서 찾아볼 수 없는 희귀하고 값진 것이기 때문에, 그 출처에 대해서 조사가 이뤄졌고, 그 와중에 묘장에 사는 기인에 대해서 알게 된 것이지."

"잠깐, 만드라고라가 무엇이오?"

"모르느냐? 네가 찾는 그 삼이다."

"이름을 들어 보니, 혹시 서양의 것이오?"

"그렇다. 사기를 먹어 생기로 변환시켜 살아가는 영물이지. 그것도 모르고 찾았느냐?"

"그건 내 사정이니 알 것 없소. 하여간, 그래서 이곳에 도둑들을 이끌고 나타난 것이오? 혹시 다른 영물도 있지 않을까 하여서?"

"그렇다."

"그건 어떻게 아셨소?"

"무엇을 말이냐?"

"다른 영물도 있다는 것 말이오. 그 기인이 만드라고라 말고도 다른 영물이나 영약을 가지고 있다는 확신은 어떻게 가지게 된 것이오?"

"확신은 없었다."

"확신이 없어서 삼십 명이 넘어가는 도둑들을 모두 대동하고 나타난 것이오? 지랄하지 말고 바른 대로 말씀하시오. 한

번 더 거짓을 씨부렁거리면 팔을 자르겠소."

"......"

"증거가 뭐였소?"

"만드라고라를 훔친 놈에게 들었다."

"오호라, 이제 좀 진척이 있소? 자, 그러면 그놈이 누구인지 설명하시오."

"이호라는 자인데, 별 볼 일 없는 도둑 나부랭이다."

"도둑 나부랭이가 삼십 명이 넘어가는 인원조차 간신히 해낼 수 있는 일을 홀로 감당했다는 것이오?"

"그때는, 그 두 명의 초절정고수가 지키고 있지 않았다. 기인은 도둑이 들 것이라 생각조차 하지 않았는지, 아무런 방비를 해놓지 않았었지. 그래서 그놈은 성공할 수 있었던 것이다."

"재밌구려. 그 사실에는 두 개의 어폐가 있소. 첫째, 그 이호라는 자는 어떻게 만드라고라가 그곳에 있었다는 것을 알 수 있었소? 어르신의 말을 빌리면 고작 별 볼 일 없는 도둑 나부랭이가 어떻게 그런 귀중한 정보를 얻을 수 있었소?"

"내가 그를 직접 보고 말을 들은 것은 아니다. 그놈은 만드라고라를 들고 낙양에서 사라졌으니까. 그놈의 불알친구가 그 정보를 알고 있었을 뿐이다. 술자리에서 얘기했다 하더군."

"좋소. 그럼 두 번째, 그자는 왜 다른 영약들을 모두 두고 만드라고라만 훔친 것이오? 이 보따리를 보아하니, 다른 것도 꽤 많았을 것 같은데 말이오."

"그것은 모른다."

피월려는 검으로 좌추의 귀를 잘랐다.

피가 분수처럼 뿜어져 나왔으나, 좌추는 미동은커녕 눈동자 하나 흔들리지 않고 피월려를 응시했다.

"미안하오. 손이 미끄러졌소. 팔을 잘랐어야 하는 건데. 잘못해서 애꿎은 귀를 잘라 버렸으니……."

"고문할 생각이냐?"

"그것도 고려하고 있소."

"흥. 역시 머리에 피도 마르지 않은 애송이군. 나한테 고문이 통할 것 같으냐?"

"이래 봬도 삼통고를 할 줄 아오. 그러니 재미없진 않으실 것이오."

"내 말은 그 뜻이 아니다."

"그럼 무엇이오? 고통을 모른다, 이런 말은 하지 않았으면 하오만."

"쯧쯧쯧, 그런 고급 고문을 알면서 고문의 기본도 모르느냐?"

"가르침을 내려주시면 감사하겠소."

"고문이란, 상대방에게 정보가 있다는 완벽한 확신이 없을 때에는 아무짝에도 쓸모없는 무용지물이다."

"아하……. 그 말이었소? 고통을 피하고자 하는 거짓 자백을 가려낼 수 없다는 것 말이오?"

"잘 아는군."

"그것은 사실이지만, 지금 어르신께서 그리 말하는 것은 그냥 고문을 외면하고 싶어서라 생각하오."

"마음대로 생각해라. 그러나 넌 고문하지 않을 것이야. 그렇지 않은가?"

피월려는 다른 쪽 귀마저도 잘랐다. 이번에는 좌추도 견디기 어려웠는지, 눈가의 주름이 떨리면서 낮은 신음을 내었다.

"어떻소? 내가 할 것 같소? 안 할 것 같소?"

"……"

"뭐, 그렇지만 고통으로 말미암은 거짓 자백을 확인할 길이 없다는 어르신의 말은 정확한 것이오. 따라서 고문을 하지는 않겠소. 그러나 단언하건대, 깨끗하게 사지를 자르겠소. 이보다 더 심한 불구가 되고 싶지 않으면 진실을 말씀하셔야 할 것이오. 팔이 두 개 남았고 목이 하나가 있으니, 총 세 번의 기회가 있소. 행운을 빌겠소."

"개… 새끼."

좌추는 몸을 부르르 떨며 분노했으나, 피월려는 아랑곳하지 않고 기지개를 켜며 여유로움을 자랑했다.

피월려가 다시 물었다.

"그럼 원래 질문으로 돌아가서, 그 이호라는 자는 왜 만드라고라만 딸랑 훔쳐온 것이오?"

"난 이호가 그것만 딸랑 훔쳤다고 말하지는 않았다."

피월려는 씩 미소를 지었다.

"회심의 일격이었는데 잘 벗어나셨소? 좋소. 그럼 만드라고라와 함께 무엇을 더 훔쳐왔소?"

"별 볼 일 없는 영약 여러 개를 훔쳤다."

"별 볼 일 없다는 어르신의 표현은 이미 신용을 한번 잃었으니, 묻지 않을 수 없소. 그 별 볼 일 없다는 영약은 정말로 별 볼 일 없는 영약이오? 오해할까 봐 말씀드리는데, 두 번째 '별 볼 일 없는'이라는 표현은 나의 기준에 따른 것이오."

"그 영약들은 사기가 가득한 것으로, 도저히 인간이 복용할 수 없는 무가치한 것뿐이었다. 제 딴에는 가장 커 보이는 걸로만 몇 개 주워온 것이지."

"자, 그럼 아까 어르신께서 놀라운 언변으로 슬쩍 넘어간 질문을 다시 드리겠소. 그 이호라는 자는 묘장의 기인이 만드라고라를 가지고 있었다는 정보를 처음에 어떻게 얻게 된 것이오."

"대답하지 않았느냐? 그를 실제로 본 적은 없다고. 내가 감옥에서 탈옥했을 때, 그놈은 이미 낙양에서 사라진 후였다. 나는 정보를 모으고 사람을 모아서 일을 주도했을 뿐이다."

"뭐, 그건 믿어주겠소. 그런데 이호는 홀로 도둑질을 한 것이오? 아니라면, 함께한 다른 도둑에게서 정보를 얻을 수 있지 않았겠소?"

"다른 도둑은 없었다. 이호는 홀로……."

"응? 왜 그러시오?"

"아니다. 이호와 같이 행동한 도둑들은 두 명이 더 있었다. 그러나 그놈들도 자취를 감췄다."

피월려는 한동안 침묵하며 고개를 숙였다. 좌추는 초조한 표정으로 그를 지켜보았다.

쿠구궁!

좌추는 마음속에서 엄청난 굉음을 들었다. 그것은 귓가로 들리는 실질적인 소리가 아닌 기류에 놀란 그의 심장의 소리였다.

그는 갑자기 전신을 폭사하는 마기와 살기에 몸을 부들부들 떨지 않을 수 없었다.

심연에서부터 끌어온 듯한 소리가 그 작은 동굴을 울렸다.

"왜 말을 바꾸셨소? 그 순간 미약한 살기를 느끼셨소?"

"……."

"어르신의 생각이 옳소. 나는 그 이호라는 자가 홀로 행동하지 않았다는 것을 잘 알고 있었소."

"……."

"묘장의 기인에게 직접 들었소. 두 번째에는 여러 도둑이 성동격서로 행동했다는 것을. 그러니 어르신의 입에서 이호가 홀로 행동했다는 말이 끝나는 순간, 팔을 베어버리려 했소."

"……."

"하지만, 약속은 약속이지. 어쨌든 다시 말을 바꿔서 진실을 말했으니까. 그러니, 다시 묻겠소. 이번에도 진실을 말하시오."

좌추는 침을 꿀떡 삼켰다.

그를 조롱하며 농락하던 피월려의 인성이 완전히 사라지고, 오로지 마기로만 가득 찬 하나의 마인만이 앞에 서 있다는 것을 깨달았다.

마인은 물었다.

"가도무를 아시오?"

"……."

"가도무를 아시오?"

"……."

"가도무를 아시오?"

공포에 사로잡힌 좌추는 숨을 거칠게 몰아쉬더니, 눈을 질
근 감고는 결국 이빨로 꽉 헛바닥을 깨물었다.

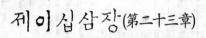

제이십삼장(第二十三章)

피월려는 무림인으로 활동하면서 범인들은 평생 맡아볼 일이 없는 지독한 냄새를 꽤 맡았었다.

이를테면 썩은 시체의 냄새나, 비릿한 혈향, 혹은 산(酸)에 녹은 금속의 냄새 같은 것인데, 처음 맡아보는 사람이라면 역겨움을 참지 못하고 어제 아침에 먹은 것까지 토해낼 정도로 심하다.

그리고 그중에서도 최상위권을 차지하는 냄새가 있었으니, 바로 박쥐 냄새다.

정확하게 말하면 박쥐의 분비물 냄새지만, 자기 분비물과

범벅이 되어 일생을 사는 생물이니, 그것이 자기 냄새라 해도 억울해할 수는 없을 것이다.

피월려는 도저히 참지 못하고 숨을 멈췄다. 안 그래도 복잡한 구조로 된 동굴에서 한참을 헤매서 정신적으로나 육체적으로나 피로가 가득한데, 메슥거리는 냄새를 계속해서 맡고 있으니, 기절해도 별로 이상할 것이 없을 정도로 머리가 혼미했다.

그나마 다행인 것은, 아침이 되어서 햇빛이 스며들기 시작했다는 점이다.

밑바닥을 볼 수 없을 정도로 더러운 물과, 섭취해도 위험하지 않을 정도로 맑은 물을 구분할 수 있게 된 것이다. 그로 인해 한 바가지나 흘린 땀으로 인한 갈증을 해소할 수 있었고 박쥐나 벌레들의 움직임을 파악하여 나가는 길을 유추할 수도 있었다.

피월려는 눈이 밝아지자, 오랜 시간이 걸리지 않아 동굴을 빠져나올 수 있었다. 넓은 입구로 쏟아지는 햇빛을 받아내며, 피월려는 상쾌한 공기를 힘껏 들이마셨다. 전신이 박쥐 냄새에 찌들어서 그런지, 숲속의 생기는 평소보다 더욱 시원하고 상쾌했다.

눈에서 느껴지던 아리아리한 고통이 곧 사라지자 피월려는 두 눈을 떴다. 그리고 처음 든 감정은 감탄 그 자체였다.

얼마나 높은 곳에 있는지, 모든 세상이 그의 발아래 존재했다. 주먹 하나를 뻗으면 모든 것을 가질 수 있을 것 같은 착각이 들었다.

크기를 알 수 없는 숲의 해양은 바람에 출렁이며 초록빛 파도를 만들어냈고, 바다와 같이 푸른 궁창은 그 위를 포근하고 아늑하게 덮고 있었다.

그 장관을 실컷 구경한 피월려는 한쪽 멀리 묘장의 위치를 파악할 수 있었다. 그가 서 있는 곳은 천막과 미내로의 나무집까지 한눈에 보이는 높은 곳으로, 침투 계획을 짜기에 안성맞춤이었다.

아마 좌추는 이곳에 서서 모든 것을 지시했을 가능성이 컸다.

그런데 언제까지고 편안할 것 같았던 몸에 뭔가 부조화가 생기기 시작했다.

태양의 자극을 받은 극양혈마공의 마기가 점차 불안정해지고 있었기 때문이다. 빨리 음양합일을 하지 않으면 귀찮은 일이 생겨 버릴 것이다. 피월려는 다급한 마음이 들어 서둘러 산에서 내려왔다.

반 시진이 지나고, 피월려는 묘장에 도착할 수 있었다.

멀리서 미내로가 집 밖에 앉아 뭔가 작업을 하는 것이 보였다.

그녀는 심혈을 기울이고 집중을 하는지, 피월려가 가까이 다가갈 때까지 그의 기척을 느끼지 못했다.

"어르신?"

피월려가 묻자, 그제야 미내로는 고개를 들고 그를 보았다.

"어, 왔느냐?"

미내로는 무릎 높이로 깨끗하게 동강 난 나무 기둥에 앉아, 한 손에는 붉은색이 감도는 굵은 나뭇가지를, 다른 손으로는 작업용으로 보이는 단칼을 들고 있었다.

그녀는 마치 아름다운 예술작품이라도 조각하듯 그 나뭇가지에 결을 내고 있었는데, 숫돌로 검을 갈아 깨끗하게 하는 것과 비슷했다.

피월려는 보따리를 보여주며 말했다.

"도둑들이 훔쳐간 영약들입니다. 모두 회수해 왔습니다."

미내로는 보지도 않고 말했다.

"괜한 신세를 졌군."

"아닙니다. 그런데 이번 일을 주도한 도둑에게 들었는데, 저에게 찾으라고 말씀하신 그 만드라고라는 찾을 수 없게 된 듯합니다."

미내로는 장인의 손길로 나뭇가지를 섬세하게 쓰다듬으면서 혀를 찼다.

"쯧쯧쯧, 안타깝군. 그거 하나면 상당히 귀찮은 수고를 덜 수 있는데 말이지."

"죄송하게 됐습니다."

"아니다, 네가 다시 찾아온 이 영약들이 더욱 귀하고 소중한 것이니, 내게 더욱 큰일을 해준 것이지. 이것으로 네 일은 잊겠다."

"감사합니다."

"음양의 조화가 불안정해 보이는구나. 설린이는 안에 있다. 그 아이의 재능이라면 아침이 되기도 전에 수련을 끝냈을 테니, 지금은 데려가도 좋다."

"수련이라 하시면, 마법 수련을 뜻하시는 것입니까? 벌써 가르쳐 주신 겁니까?"

"내가 왜 이 짓을 하고 있다고 생각하느냐?"

"예?"

미내로는 단칼을 역으로 다시 잡고는 나무에 푹푹 찔러 넣으며 특정한 방식으로 홈을 파내기 시작했다.

"이거 말이다."

"그것이 무엇인데 그러십니까?"

"뭐긴 뭐야, 완드(Wand)지."

"와, 완드라 하시면?"

"지팡이다."

"아… 어르신께서 들고 다니시는 그 지팡이랑 비슷한 겁니까?"

"이건 스태프(Staff)고. 하여간 마법에 있어서 구실은 비슷하다. 예로부터 스승이 제자에게 만들어주는 것이 관례이지. 케케묵은 전통을 중요시하는 편은 아니다만, 여기서 완드를 제작할 수 있는 사람은 나밖에 없으니 어쩔 수 없지 않겠느냐? 늙은 몸이라도 움직여야지. 더는 귀찮게 하지 말고 들어가라."

미내로의 목소리에는 귀찮음이 잔뜩 묻어 나왔다. 피월려는 빠르게 인사했다.

"예, 수고하십시오. 그럼 들어가 보겠습니다."

피월려는 미내로를 뒤로 하고 나무집에 들어섰다. 전과 같이 온갖 시체들이 그를 처음 마중했고, 그 뒤로 불 꺼진 난로 앞에서 엎드린 자세로 두꺼운 책을 읽고 있는 진설린이 보였다.

그녀의 옆에는 흑설이 푹신한 곰 가죽 위에서 행복한 표정을 짓고 침을 질질 흘리며 새근새근 잠을 자고 있었다.

"오셨어요? 급하게 나가서 걱정했잖아요."

"괜찮소. 걱정하지 마시오."

"걱정하지 말라니요. 어젯밤에도 미내로 스승님이 부탁을 들어주지 않으면 생명을 장담할 수 없다고 그랬잖아요? 그때

야 분위기 때문에 못 물어봤지만, 그런 말을 해놓곤 걱정이
안 되게 생겼어요?"

"이젠 모두 해결된 일이오. 린 매가 마음 쓰지 않아도 되
오."

피월려는 미소를 지었지만, 진설린은 아미를 찌푸렸다.

"진짜! 그런 식으로 넘어가려고요? 무슨 일이었는데요?"

"미내로 대주께서 혹시 말씀하셨소?"

"말씀해 주셨으면 지금 월랑한테 묻지도 않죠. 아무리 물어
도 알려주시지 않으셨어요."

"그럼 나도 말할 수 없소."

"정말 이러기에요?"

"하하하… 이건 미내로 대주님의 허락이 없이 발설하기에는
너무 민감한 것이라 그렇소. 만약 그분께서 대답을 거부했다
면, 나도 말할 수 없소."

"칫, 너무해."

"너무 화내지 마시오. 그런데 이제 슬슬 돌아가야 하지 않
겠소?"

"지금까지 월랑이 없어서 못 간 거잖아요! 홍!"

"아, 아하하……."

피월려는 어색하게 웃어넘길 수밖에 없었다. 졸음이 가득
한 표정으로 비몽사몽 하는 흑설이를 등에 업고 묘장을 나서

서 낙양에 도착했을 때까지도 진설린의 마음을 풀어줄 방법은 도저히 생각이 나지 않았다.

그녀는 단단히 화가 났는지, 눈길도 마주치지 않고 대화도 하지 않았다.

피월려는 어떻게든 시간이 해결해 줄 것이라 믿었지만, 하늘은 그의 믿음조차도 저버렸다.

"이번엔 첩이오? 그 나이에 대단하시오."

피월려는 갑자기 아는 척하는 남문 문지기의 질문에 자기도 모르게 당황한 눈빛으로 진설린의 눈치를 볼 수밖에 없었다.

그 문지기는 전에 피월려가 주하, 흑설과 함께 남문을 통과했을 때, 주하가 피월려의 아내라고 했던 것을 기억하고 그런 질문을 한 것이다.

어쩔 수 없다.

의심을 덜기 위해서는 긍정하는 수밖에.

"그… 그렇소."

"젊은 친구가 노년에 얼마나 고생을 하려고 그러시오? 나도 마누라가 있소만 한 명으로도 벅차기 그지없소."

"……."

"통과하시오."

피월려는 옆에서 두 주먹을 쥐고 부르르 떠는 진설린을 모른 체하며 태연한 표정으로 걸어갔다. 남문을 지나 군병과 조금 거리가 생기자, 진설린이 그를 홱 돌아보며 사납게 물었다.

"첩이요?"

"아, 저……."

"첩? 첩? 첩?"

"아… 그……."

"그럼 처는 누굴까요?"

"처는 당연히……."

피월려가 이렇다 할 변명을 하기 전에 그의 등에 업혀 있던 흑설이 말을 잘랐다.

"주하 언니 아니었나? 그렇죠, 월려 아저씨?"

끝났다.

"이! 이이… 이!"

진설린은 입술을 꽉 깨물고는 양 주먹을 흔들며 토끼처럼 방방 뛰었다.

피월려는 그 자리에 쓰러져 버리고 싶었다.

그러나 잘못한 것은 피월려이니, 어쩌겠는가? 그는 온갖 감언이설을 동원하여 진설린의 기분을 풀어주려 했으나, 지부에 도착할 때까지 전혀 나아질 기미가 보이지 않았다. 이대로라면 음양합일조차도 거부할 것 같았지만, 생명에 지장이 생기는 일이라 꽤 쉽게 허락해 주었다.

"이번이 마지막이에요! 이렇게 넘어간다고 해서 쉽게 보면 안 돼요!"

음양합일의 운우지락이 그나마 그녀의 철벽같던 마음을 허문 듯싶었다.

뚱한 표정으로 흐트러진 옷깃을 정돈하는 진설린을 보며 피월려는 고개를 끄덕거렸다.

"물론이오. 주의하겠소."

"흥."

진설린은 한 번 더 고개를 빽 하고 돌렸으나 피월려는 자리에서 일어나는 통에 그것을 보지 못했다.

말을 걸어줘야 하는데 통 반응이 없자 진설린은 슬쩍 시선을 돌려 피월려를 보았다. 그런데 그는 어디를 나가는지, 문으로 향하고 있었다.

"흐응… 어디 나가세요?"

"명이 있었소. 좀 늦을 수도 있으니 걱정하지 마시오."

"만날 나만 버려두고 밖에 나가."

"낙양지부에 소속된 이상 어쩔 수 없지 않소?"

"알았어요. 조심해요."

"그럼, 나가보겠소."

피월려는 방문을 닫자마자, 천장 쪽을 향해 소곤거렸다.

"주 소저? 들리시오?"

주하는 곧 모습을 드러냈다.

"무슨 일이십니까?"

"혹여 일이 없다면, 나와 함께 가주었으면 하오. 명에 관계된 일이오."

"명이라 하시면, 전투가 벌어지겠군요."

"그렇소."

"잠시만 기다려 주시지요. 무장하고 오겠습니다. 그런데 왜 방 안에서 말씀하시지 않으시고 여기서 부르셨습니까?"

"그, 그런 일이 있소."

"또한, 왜 지금 굳이 소곤소곤하시는지 모르겠습니다만?"

"……"

"뭐, 하여간 곧 오겠습니다."

의미심장한 표정과 함께, 주하는 안개처럼 사라졌다. 피월려는 한숨을 내쉬면서 속으로 신세를 한탄했는데, 복도 저 멀리서 눈에 익은 사내가 걸어오고 있었다.

"피 형! 지부에 계셨군요?"

깔끔한 백의를 입고 머리를 감아올린 주소군이 손을 흔들며 인사했다.

피월려는 그때야 아침 수련에 대한 것을 깨닫고는 손뼉을 쳤다.

"아! 주 형. 여태 기다린 것이오?"

"기다리다 하도 안 와서, 방에 직접 온 것이죠."

주소군은 나른한 목소리로 할 말은 다 하는 남자다. 피월려는 머리를 긁적이며 나지막하게 말했다.

"미안하오. 내가 새벽까지 밖에서 보내다 이제 막 들어온 길이라 아침 수련을 깜박했었소."

"그래요? 그럼 피곤하실 텐데 왜 주무시지 않고 나와 계세요?"

"잠은 충분히 잤소. 뭐, 정확하게 말하면 기절했었지만… 그리고 지금 또 명령을 수행하러 가는 길이오."

"기절이오? 밤에 힘든 일을 하셨나 보네요? 그리고 또 나가세요? 좋겠네요. 전 한가해 죽겠는데."

주소군의 작은 불평에 관한 진실을 아는 피월려는 얼떨떨한 표정을 지을 수밖에 없었다.

지부에서도 유명한 이야기인데, 주소군은 주어지는 일을 즉시 그것도 완벽하게 해치워 버리는 경향이 있다. 그의 경악할 만한 일처리 속도는 계획을 짜내는 속도를 압도하여, 계획이 사람 뒤를 따라가는 형국을 만들어낸다.

그러니 그의 입장에서는 한가하게 느껴질 수밖에 없는 것이다.

주소군은 방긋이 미소를 지으며 피월려에게 물었다.

"그럼 오늘은 못 하겠네요?"

"아쉽지만, 그렇소."

"그렇다면야, 어쩔 수 없죠. 그 대신에 귀찮으실지 모르겠지만, 짧게 질문 하나만 해도 되나요?"

"물론이오, 해보시오."

"전에 알려준 용안심공의 구결에서 눈이 세상의 본질을 볼수 있는 것이 아니라 눈 그 자체가 세상의 본질이라는 의미가 어떤 것인지 설명해 줄 수 있으신가요?"

"그건, 한 번에 설명하기는 어렵소. 일단 주 형께서는 어떻게 생각하시는지 듣고 싶소."

주소군은 턱을 매만지고 눈초리를 희미하게 뜨며 고민했다.

"제가 이해한 바로는… 나와 세상의 경계, 혹은 소우주와 대우주의 경계를 눈이라 칭하는 역학(域學)의 사상(急惻)을 기본으로, 눈이 없을 때에는 소우주와 대우주의 경계(境界)가 허물어지므로, 소우주가 자아(自我)를 갖지 못하는 것을 표현한 것으로 생각해요. 그런데 그렇다면 용안(龍眼)은 자아(自我)를 표방(表訪)하지 않는다는 앞 구절과 모순되지 않나요?"

"자아를 이야기하는 것이 아니라 존재 자체를 말하는 것이오. 눈이 없으면 자아가 없는 것이 아니라 존재 자체가 없다는 뜻이라 해석해야 옳소."

"그것이 어떻게 가능하죠?"

"눈이란 감각(感覺)을 대변(代辯)한다는 것을 알고 있을 것이오. 눈이 없다는 것은 감각이 없다는 것, 즉 아무것도 느낄 수 없는 무감(無感)을 뜻하는 것이오. 그런데 이것을 생각해 보시오. 내가 아무것도 느낄 수 없다면, 나의 존재 여부조차 확인할 수 없소. 내가 걷는지, 앉아 있는지, 숨을 쉬는지조차 느낄 수 없을 것이오. 따라서 나의 존재는 나의 감각에 전적으로 의존(依存)하게 되오. 그리고 그 반대도 성립하므로, 이는 상호의존(相互依存)이오."

"따라서 합일(合一)이다. 이 말인가요?"

"그렇소."

"그렇다면, 사상(思想)은 존재(存在)에 포함되지 않는다는 것은 무슨 뜻이죠?"

"주 형, 생각을 어떻게 느끼시오?"

"예?"

"내가 생각하고 있다는 것을 어떻게 느끼시냐고 물었소."

"그, 글쎄요?"

"걷는 것, 숨 쉬는 것, 앉아 있는 것… 이 모든 것은 감각에 의존하여 존재하는 것이오. 그러나 내가 생각하는 것은 무슨 감각에 의하여 느끼는 것이오? 생각을 느끼는 감각이란 과연 존재하오?

"……"

"따라서 사상의 자각은 감각에 의존하지 않고, 그 뜻은 곧 존재에 포함되지 않는다는 것이오. 용안은 쉽게 말하면 생각의 가속이오. 한없이 짧은 시간에 무한한 사상을 담는 것이오. 그것이 가능해지려면 우선 사상이 현존(現存)한다는 생각을 버려야 하오."

주소군은 우선 혀를 내밀었다. 그리고 눈을 비비더니 턱을 쓸었다. 그 후에는 팍 주저앉았고, 다시 일어나서는 기지개를 켜며 고개를 갸우뚱거리더니, 박수를 여섯 번 정도 연거푸 쳤다.

그가 말을 툭 내뱉었다.

"생각보다 재밌네요. 용안심공."

피월려는 힘없이 양 눈썹을 들어 올리며 고개를 도리도리 흔들었다.

"진정으로 이걸 재밌다고 느끼시오?"

"네! 피 형은 재미없었나요?"

주소군의 목소리는 매우 쾌활했다.

피월려는 어깨를 들썩였다.

"전혀 없었소."

"정말로요?"

"용안심공의 구결을 탐구했던 시간 중 한순간이라도, 재미의 눈곱만큼도 느낀 적이 없소. 토가 나오면 나왔지……."

"저랑 취향이 다르시네요?"

과연 같은 사람이 있을까?

피월려는 예의상 입 밖으로 말하진 않았다.

그러나 옆에서 가만히 듣고 있던 주하는 가차 없었다.

"누가 오라버니랑 취향이 같겠어요? 꿈 깨세요."

피월려는 뒤에서 말한 사람이 순간 주하가 아니라는 착각을 했다.

목소리는 분명히 주하이나, 그 말투에서 평소 그녀의 목소리와는 다른 산뜻한 분위기가 느껴졌기 때문이다.

"주 소저? 주 형을 아시오?"

피월려는 돌아보며 물었고, 주하는 영문을 모르겠다는 듯이 이마에 내 천자를 그렸다.

"제 오라버니입니다만?"

"오라버니라면……. 그 오라버니?"

"그 오라버니와 오라버니의 차이점은 잘 모르겠습니다만, 오라버니가 맞습니다."

피월려는 그래도 이해하지 못하고 손가락으로 주하와 주소군을 서로 가리키며 물었다.

"설마, 생부 생모가 같은 피붙이 오라버니를 지칭하는 것이오?"

"생모는 다르지만 생부가 같으니, 피붙이는 피붙이지요."

피월려는 생각지도 못한 사실에 얼이 빠지는 것 같았다.

하지만, 둘 다 주 씨 성을 가진 것과 묘하게 차가운 기운을 풍기는 것을 생각하면 지금까지 그 둘이 남매라고 예상하지 못한 것이 오히려 이상할 정도였다.

피월려가 주소군에게 물었다.

"그… 암령가 출신이었소?"

"네. 모르셨어요? 제 무공이 모두 음기가 강하잖아요? 그걸 보면 알 수 있죠."

"아……."

그래도 피월려는 적응이 안 되는지, 계속해서 주하와 주소군을 번갈아 보며 서로의 얼굴에 닮은 점은 없는지 살펴보았다.

놀랍게도 있었다.

눈이며 코며 입이며.

지금까지 눈치채지 못했다는 것이 황당할 정도였다.

얼이 빠진 듯한 피월려를 내버려 두고, 주소군이 주하에게 말했다.

"잘 지내? 같은 지부에 있으면서, 한동안 못 봤네."

"제이대의 일이 그렇죠. 오라버니도 평안하셨어요?"

"응. 그런데 피 형의 전속대원이 된 거야?"

주하는 순간 얼굴을 굳혔다.

"협력하는… 관계입니다."

"알았어. 이상한 데 자존심 부리는 건 여전하네."

빈정거리는 듯한 주소군의 말에 주하는 눈을 찡그리며 발끈했다.

"오라버니!"

"쿡쿡쿡. 난 그럼 이만 갈게. 피 형도 일을 잘 끝내세요. 내일은 볼 수 있었으면 해요."

피월려는 주하의 화를 돋우고 싶지 않았기에 속으로 웃음을 참으면서 포권을 취했다.

"살펴가시오."

"네."

역시 언제 들어도 특이한 인사다.

그렇게 주소군이 사라지고, 주하는 피월려에게 물었다.

"목적지가 어딥니까?"

"그 전에, 왜 남매라는 것을 말하지 않았소?"

"그거야 묻지 않으셨지 않습니까?"

"그래도 그렇지."

"피 대원께서도 제게 피 대원의 혈연에 대해서 언급한 적이 없는 걸로 기억합니다만, 아닙니까?"

"……."

"목적지가 어딥니까?"

반박의 여지가 없는 지극히 당연한 논리였다.

피월려는 헛기침을 몇 번 한 뒤에 말했다.

"우선 동쪽에 있는 언사로 가야 하오."

"언사라 하시면, 그 낙양흑검이 도주했다는 곳 아닙니까?"

"맞소."

"그를 추살하라는 명령은 철회된 것으로 알고 있습니다만?"

"다른 명이 있었소."

주하는 피월려가 임무에 관해서 말하고 싶지 않다는 것을 굳은 표정을 통해 알 수 있었다. 그녀는 더는 묻지 않기로 했다.

"알았습니다. 그러면 우선 동쪽 외부 출구로 가야겠군요."

"굳이 그럴 필요 있소? 마방에 들러서 말이라도 빌리는 것이 훨씬 빠를 것이오."

"무슨 일인지, 요즘 마방이 운행하지 않습니다. 그래서 외부 입구에 제이대에서 따로 말을 준비합니다."

피월려는 묘장으로 향할 때에도 걸어간 것을 기억했다.

"아, 그렇소? 그러면 외부 출구로 가는 것이 났겠소."

피월려는 걸음을 옮기려 했으나, 주하는 아직 할 말이 있는 듯 움직이지 않았다. 피월려가 고개를 갸웃하니, 주하가 물었다.

"안색이 좋지 않으십니다. 무슨 일이 있으셨습니까?"

피월려는 눈을 동그랗게 뜨고는, 자기도 모르게 손으로 얼굴을 쓸었다.

"내 안색이 좋지 않소? 얼마나?"

"피곤해 보입니다만?"

피월려는 코를 만지작거리며 조금 전에 있던 음양합일을 회상했다.

"진설린이 좌도를 공부하기 시작하더니, 음기가 한층 강해졌소. 그러다 보니 음양합일 와중에 부족한 양기를 채우느라 피치 못하게 내력이 소진되었소."

주하는 눈을 가늘게 떴다.

"위험한 것 아닙니까?"

"단기적으로는 문제가 없겠지만, 장기적으로는 나도 모르겠소. 뭐, 극양혈마공에서 음양합일은 내력을 안정시키는 것이 목적이지 회복하는 것이 목적은 아니니까. 지금까지가 운이 좋았던 것이라 말할 수 있소."

피월려는 대수롭지 않게 말했지만, 주하는 표정을 풀지 않았다.

"집단에서 한 명이라도 본인의 비정상적인 건강 상태를 속이면, 모두의 생존 확률이 극도로 떨어진다는 사실은 따로 말을 하지 않아도 잘 아실 텐데요? 어느 정도인지 간략하게 설명해 주십시오."

주하의 표정에서, 설명하지 않을 시에는 움직이지 않겠다는 고집이 엿보였다. 피월려는 두 팔을 하늘로 올리며 걱정하지 말라는 투로 이야기했다.

"마기는 완전히 안정된 상태고, 소모된 내력은 운기조식을 통해서 어느 정도 메웠소."

"어느 정도라 하시면?"

"오 할이오. 그러나 밖에 나가서 태양빛을 받으면 금세 가득 찰 것이오. 그러니 위험한 상황은 없을 터, 심려치 마시오."

주하는 기가 막힌다는 듯이 입꼬리를 작게 비틀었다.

"그 말은 제가 무슨 피 대원을 걱정이라도 한다는 뜻인가요?"

"아, 아니었소?"

"전 제 생명을 동행자의 무식한 판단과 고집에 맡기고 싶지 않았을 뿐입니다. 제가 걱정하는 건 제 생명입니다, 피 대원."

"……"

"어리석은 착각은 무인에게 치사율 십 할의 독약과 같습니다."

차가운 말을 슬쩍 흘리며, 주하는 피월려를 지나쳐 걸어갔다. 그녀의 도도한 발걸음은 묘한 여운을 남겼다.

그녀가 뒤돌아보며 말했다.

"안 가십니까?"

＊　　　　　＊　　　　　＊

그들은 초록색 복도를 지나 외부 입구로 나왔다.

산새의 지저귀는 소리가 사방에 풍성한 산세 초입에서 밝은 햇빛이 그들을 반겼다. 침침한 지하 복도에서 방금 나와서 그런지, 햇살이 옷과 피부 속까지 뚫고 스며드는 것 같은 느낌을 받았다.

그런데 그 아름다운 풍경에 전혀 어울리지 않는 하나의 부조화가 한 곳에 웅크리고 있었다. 미꾸라지 한 마리가 웅덩이 전체를 흐리듯, 그 검은 물체는 존재만으로도 주위 자연의 생기를 파괴하고 있었다.

그 부조화가 말했다.

"누구지?"

주하가 대답했다.

"제이대 주하, 제일대 피월려."

"말이 필요한가?"

"두 마리."

"가라."

그 부조화는 한 곳을 가리켰고, 주하는 망설임 없이 그곳으로 향했다.

피월려는 한동안 그 검은 물체를 호기심 어린 시선으로 바라보다가, 주하의 모습이 시야에서 사라지기 전에 서둘러 따라갔다.

가을 초입이라 그런지, 나무에 아슬아슬하게 매달린 나뭇잎들이 반쯤 변색해 있었다.

그것들은 살짝만 건드려도 떨어질 정도로 연약했는데, 앞장서서 걷는 주하의 신묘한 보법은 단 한 장의 나뭇잎도 떨어지는 것을 허락하지 않았다. 투박한 손길로 나뭇가지를 무더기로 헤치면서 나아가는 피월려의 걸음과는 계(界)가 다른 듯했다.

어느 정도 걷고 나니, 잡초가 가득한 공터가 나왔다. 그곳에는 열 마리가 넘어가는 말 무리가 한가롭게 풀을 뜯고 있었는데, 모두 안장을 착용한 것을 보면 야생말은 아닌 듯싶었다.

주하는 그중 한 마리에 매끄럽게 올라타고는 피월려를 내려다보며 말했다.

"좋은 아이로 골라 타시죠."

유심히 하나하나 살핀 그는 말 한 마리를 골라 안장에 올라탔다.

그가 말했다.

"갑시다."

주하가 물었다.

"언사 시내로 가는 것입니까?"

"시(市)? 촌(寸)이 아니었소?"

"과거 낙양이 수도였던 것을 기억하시지 못하십니까? 낙양 주변 도시도 과거에는 다 크게 번양했던 곳입니다. 언사도 그 중 하나입니다."

"규모가 얼마나 되오?"

"요새는 기세가 많이 기울어져, 낙양의 2할 정도 입니다."

아무리 2할이라 하나, 낙양 같은 대도시의 2할이면 성에서 다섯 손가락 안에 들 정도의 넓이다.

일이 생각보다 귀찮아졌다.

"생각했던 것보다 꽤 넓군. 오늘 안에 돌아올 수 있을지 모르겠소. 오가는 데 걸리는 시간은 얼마나 되오?"

"오십 리 정도 되지만, 단거리로 빠르게 달리면 반 시진보다 못하게 도착할 듯합니다."

"눈에 띄지 않아야 하니, 빠르게 달릴 수는 없소. 그렇다는 얘기는, 보통 속도로 갈 경우 적어도 한 시진은 걸릴 텐데……."

"이 말은 산에서 자란 말입니다. 작은 숲길에도 달릴 수 있으니 사람들 눈에 띄지 않게 갈 수 있습니다."

"오, 좋소. 그러면 길 안내를 부탁하겠소."

주하는 고개를 끄덕이더니, 앞장섰다.

그 뒤, 그들은 반 시진 정도를 오솔길과 같은 작은 숲길로 질주하며 언사에 도착했다.

말은 울퉁불퉁하고 험한 산길이 익숙한지 달리는 데 무리가 없었지만, 그 위에 타고 있던 피월려는 허리와 엉덩이가 박살 날 것 같아 죽을 맛이었다. 두 마리 말을 한 번에 다룰 정도로 말 타는 것 자체에는 자신 있었지만, 이처럼 가파른 산길은 별로 익숙하지 않았다.

뼈가 아리는 고통에 허리를 짚고 신음을 흘리며 말에서 내리는 피월려를 주하는 한심하다는 눈빛으로 바라봤다. 여인 특유의 민첩한 허리와 유연한 골반을 통해 말로부터 오는 충격을 모두 흡수했던 그녀에게는 말 타던 시간이 간단한 무공 수련을 한 것처럼 오히려 활력이 되었다.

두 말의 고삐를 한 나무에 묶은 그들은 대로로 나왔다. 서쪽을 따라 조금 걷다 보니 낙양의 것과는 비교도 할 수 없이 너절한 성문이 보였다. 그런데 그 허름한 성문에는 형식적으로라도 있어야 할 문지기는커녕 개미 새끼 한 마리 보이지 않았다.

"이상하지 않소? 아무리 대도시가 아니라고 하나, 저렇게 무방비라니."

"이런 도시에서 낙양흑검을 막을 수 있을 만한 고수가 있었다면 오래전에 낙양으로 거처를 옮겼을 것입니다. 아마 낙양흑검이 도착하자마자 쑥대밭이 되었겠지요."

"그런데 아직도 정리가 되지 않은 것을 보면, 확실히 낙양에 관병의 손이 부족하긴 한 것 같소."

"무림인의 숫자가 급증하고 나서, 낙양 도시 내의 치안조차 감당하기 어렵게 되지 않았습니까? 낙양으로서는 낙양흑검이 언사로 도망친 것을 오히려 행운이라 생각했을 것입니다."

과연 주하의 말은 정확했다. 피월려는 시내로 들어서자, 주인이 없이 방치된 집들을 더러 볼 수 있었다.

도시 내의 웬만한 창문은 모두 찢어져 있었고, 벽이 허물어져 제 기능을 완전히 상실한 집도 많았다. 가구들은 산산조각이 난 상태로 밖에 버려져 있었고, 썩은 음식이 악취를 풍기는 곳도 많았다.

그뿐만이 아니다. 인심 좋은 주민이 반겨줘야 할 곳에 삼삼오오 모인 무림인들이 서로 칼을 빼들고 으르렁거렸고, 아예 주인 없는 집 안에서 모닥불을 피워놓고 잠을 청하는 자들도 수두룩했다.

그런데 그들의 살기가 묘하게 피월려에게 쏠리기 시작했다. 게다가 그 살기가 단순히 외인을 경계하는 수준을 한참 넘어서자, 피월려는 뭔가 잘못됐다는 것을 깨닫고는 주하에게 말하려고 그녀를 쳐다보았다.

거기에는 험악한 이곳과는 전혀 어울리지 않는 이십 대 초반의 여인이 서 있었다.

피월려는 그 즉시 살기의 원인을 깨달을 수 있었다.

"주 소저. 아무래도 모습을 숨기는 것이 좋겠소."

"주위의 살기가 심상치 않습니다. 이유는 알 수 없으나, 적의를 품은 이상, 제가 숨는 것보다는 그냥 나서서 상대하는 것이 더 좋을 듯합니다."

"내 말은 그것이 아니오, 주 소저. 저들이 왜 우리에게 적의를 품는지 모르겠소?"

"그거야, 우리가 이제 막 들어온 외인이기 때문에……."

주하는 주변을 둘러보며 말끝을 흐렸다.

무림인들의 살기 어린 표정 속에 숨은 역겨운 욕망을 읽었기 때문이다. 힘이 곧 질서인 곳에서 젊은 여자는 죽음의 공포에서 벗어나기 좋은 쾌락의 도구 그 이상으로 취급되지 않는다.

그녀의 표정이 서릿발처럼 차갑게 굳었고, 품속에 손을 집어넣었으나, 피월려는 그녀가 단검을 출수하기 전에 가까스로 그녀의 팔을 잡을 수 있었다.

"놓으십시오."

목소리는 그대로였다. 하지만 피월려는 그 속 깊은 곳에 담긴 냉기를 느꼈다.

"그냥 몸을 숨기시오."

"놓으십시오."

"몸을 숨기시오."

"놔."

항상 존댓말을 쓰며, 마기를 내비치지 않던 그녀다. 그런 그녀의 몸에서 무거운 연기 같은 마기가 반말과 함께 스르르 뿜어졌다.

피월려는 이대로 가다간 더 큰 주목을 받을 것이라 생각하고는 마기를 끌어 올려 그녀의 팔을 억세게 잡아 억눌렀다.

그의 안광에서 마기가 뿜어졌다.

"명이오. 몸을 숨기시오."

주하는 아랫입술을 피가 나도록 깨물며 눈빛에 마기를 담아 피월려에게 고개를 돌렸다.

공포를 불러일으키는 두 쌍의 눈동자가 서로를 잡아먹을 듯이 노려보았다.

한참을 그러더니, 주하는 곧 손을 떨치며 속에서부터 끓어오르는 듯한 소리를 내었다.

"존명."

주하는 안개가 되어 사라졌다. 휘둥그레진 눈으로 그 광경을 목도한 무림인들은 눈을 비비며 주하를 찾았으나, 그들 중 주하의 은신술을 간파할 수 있을 만한 실력을 지닌 자는 없었다.

"쯧."

피월려는 혀를 차며 뱃사공의 시체를 낙양강에 버렸던 그날 밤을 회상했다.

주하는 온실 속의 화초다. 위대한 천마신교의 일급 살수지만, 무림이 살수를 배척한다는 기본적인 사실조차 모르던 여인이다.

그러니 자기에게 더러운 시선을 줬다고 생명을 뺏으려는 치기 어린 생각을 하는 것은 어찌 보면 당연했다.

흑도의 길을 걸었던 옛날 같았으면 배알이 꼴려 상종하지도 않았을 그럴 인간이다.

그래도 성숙한 지금은 어느 정도 주하를 이해할 수 있었다.

피월려는 빠른 걸음으로 자리를 벗어나, 사람들의 관심이 없는 곳을 찾아 움직였다. 고향처럼 느껴지는 분위기 속에 있으니, 옛날 흑도의 습관이 점차 되살아나 그의 은밀함을 더해 주었다.

그는 무리에 점차 녹아들었다.

피월려는 생각했다.

왜 그런지 이유는 알 수 없지만, 지금의 언사는 음지가 지배하는 도시다.

여기 있는 무림인들은 구파일방의 인물처럼 정의를 숭배하는 자들도 아니다.

그러면 낙양흑검을 잡는 것이 무슨 이득이 있어 이리 모였을까? 정보가 부족하여 그것까지는 알 수 없다. 하지만, 이 음지 속에 배어들지 못한다면 이유를 알아내기도 전에 주하처럼 튕겨져 나갈 것이다.

마광을 뿜던 눈빛은 생선 눈깔처럼 죽었다.

거만하게 들려진 턱은 죄인처럼 숙여졌다.

넓게 쫙 펴졌던 어깨는 혼난 아이처럼 수그러졌다.

곧게 선 척추는 익은 벼처럼 휘었다.

끝이 전혀 떨리지 않던 검은 풀잎처럼 하늘거렸다.

한없이 일정하던 발자국은 삐뚤빼뚤거렸다.

천마신교 제일대 피월려는 죽고 흑도 시절의 피월려가 살아났다.

피월려는 반 시진이 넘어가는 시간 동안 언사를 배회했다. 그러면서 느낀 것이, 지금의 언사는 마치 진법 안에 있는 것과 같다는 것이다.

언사 어디를 가도 무림인들이 보였고, 허물어진 건물이 보였다. 처음 봤던 광경이 반복적으로 보이는 것이 진법과 다를

게 없었다.

그는 객잔으로 향했다.

무림의 일 중 오 할은 객잔에서 시작된다고 할 정도로 무림인들은 객잔을 자주 찾는다. 이 광활한 중원에서 서로 아는 사람을 만날 가능성은 한없이 낮아서, 항상 객잔으로 모이는 것이 암묵적인 법이며 그 도시에서 가장 큰 객잔을 한 번쯤은 확인하는 것이 예의다.

피월려는 주위 사람에게 물어물어 객잔을 찾아갔다.

그의 모습은 다른 낭인들과 다름이 없었고, 딱히 과하게 경계하는 사람은 없었기 때문에 가는 것까지는 그리 어렵지 않았다.

하지만, 안으로 들어가는 것은 어려워 보였다.

험악한 인상의 사내 다섯이 입구를 떡하니 막고 서 있었기 때문이다.

그들은 그냥 지나가는 사람에게도 살기를 뿜어대면서 객잔으로 들어오려고 시도한다면 누구라도 죽이겠다는 소리 없는 경고를 했다.

피월려는 이런 분위기에 젖어드니, 과거의 추억이 새록새록 되살아나 미소를 짓게 되었다.

어릴 적 각 도시의 객잔에서 일어났던 이야기만 한다면 칠주야를 새워도 모자랄 것이다.

그런데 그 다섯 사내 중 한 명이 피월려의 미소를 보았다. 도적 출신인지 쌍도끼를 허리에 차고 있던 그 사내는 이제 막 약관을 넘은 것 같은 애송이가 자기를 비웃는 것을 참을 정도로 인내심이 깊은 사람이 아니었다.

"네 이놈! 지금 누구를 비웃는 것이냐!"

팔을 교차하며 도끼를 빼든 그는 피월려에게 성큼성큼 다가와, 우락부락한 안면 근육을 자랑하며 코앞에 얼굴을 들이밀었다.

콧속을 톡톡 찌르는 입 냄새가 극심한지라 피월려는 코를 가리며 고개를 숙일 수밖에 없었다.

그런데 그것을 무서워서 숙였다고 오해한 그 사내는 코로 숨을 내쉬면서 빈정거렸다.

"큭큭큭, 걱정하진 마라, 애송아. 형님도 체면이 있지, 네 놈같이 젖비린내 나는 아기를 대낮에 죽이진 않으마. 으하하."

그 사내는 자기 멋대로 지껄이고는 다시 입구로 돌아갔다. 그 모습이 굉장히 익숙해 보이는 것이, 아마 자기 입 냄새를 참지 못하고 고개를 돌린 모든 사람이 자기가 무서워서 고개를 돌렸다고 착각하고 사는 것이 분명했다. 그 사내가 돌아가 뭐라고 농을 건네자, 그의 동료는 피월려를 손가락으로 가리키며 조롱했다.

피월려는 조용히 돌아섰다. 여기서 이들을 죽이면서까지 사람들의 시선을 끌고 싶은 생각은 전혀 없었기 때문이다. 그런데 그에게 손짓하는 사람이 있었다. 보통 남자보다 머리 하나는 없는 것처럼 키가 작고 흰머리가 희끗희끗 보이는 평범한 인상의 남자였다.

피월려가 그에게 다가가자, 그 남자는 술병 하나를 빼들었다.

"마시게. 험한 꼴을 당했군."

"별로 마시고 싶지 않소."

"남자가 술을 못해서야 되겠는가? 마시게."

"그럼……."

피월려는 술병을 들어 술을 입에 대었다. 입안 전체를 화끈하게 돋우는 싸디싼 황주였다. 쓴맛에 얼굴을 찡그리며 피월려는 주위를 슬며시 살폈다.

그 남자의 주위에는 이십 명이 넘어가는 여러 무리의 무림인들이 군데군데 앉아 있었다.

그러나 이들 모두가 달려든다 한들, 입구에 서 있는 다섯을 이길 수 있을지 확신할 수 없을 정도로 약해 보이는 자들이 대부분이었다.

피월려는 술을 돌려주었다.

"호의에 감사하오."

"이 정도로 호의는 무슨. 같은 처지니 한번 도와준 것뿐이네."

"같은 처지라니, 무슨 뜻이오?"

"자네도 저 객잔에 들어가려 한 것이 아니란 말인가?"

피월려는 우선 긍정했다.

"그렇기는 하오만?"

"그러니 같은 처지지. 여기 있는 사람들은 전부 객잔에 들어가지 못한 자들이네."

아마 실력이 떨어지거나 연줄이 없기 때문일 것이다. 자세한 상황을 모르는 피월려는 우선 말을 넘겼다.

"아, 그렇소?"

"자네도 갈 곳이 없다면 여기 앉아 있게. 저 객잔 안에서 논의가 끝나고 나오는 고수들을 따라가면 낙양흑검을 잡을 좋은 기회를 얻을 수 있을지도 모르니 말이네."

"낙양흑검을 잡는다니?"

피월려의 물음에 그 사내는 실망했다는 눈빛으로 고개를 도리도리 흔들었다.

"낙양흑검의 현상금을 노리고 온 것이 아니라는 말인가?"

"아……."

피월려는 이제야 왜 언사가 음지가 됐는지를 깨달을 수 있었다. 자기 말고는 별로 신경도 쓰지 않는 무림인들이, 낙양흑검과 같은 희대의 마인을 죽이는 것에 관심을 둔 이유는 바로 현상금 때문인 것이다.

그 남자는 의심스러운 눈초리로 피월려를 보며 물었다.

"그것이 아니라면, 자네는 여기 왜 있는 건가?"

피월려는 적당한 이유를 찾아 둘러댔다.

"그냥 사람들이 이곳으로 모였기에 온 것이오."

"하하하, 눈치가 빠른 친구군. 낙양흑검이 언사에 출현했다는 정보는 꽤 따끈따끈한 것인데 말이야. 자네 운이 좋아."

피월려는 좀 더 정보를 얻어야겠다고 생각했다. 그리고 그렇게 하려면 좀 더 다루기 쉬운 사람처럼 행동해야 했다.

가장 다루기 쉬운 사람은 바로 노골적으로 돈을 좋아하는 사람이다.

피월려는 흥분한 듯 어조를 높였다.

"그런데 혹 그 현상금이라는 것이 얼마나 됩니까?"

"놀라지 말게. 금으로 삼십 냥일세."

"삼십 냥이나! 그, 그게 도대체 얼마나 되는 겁니까?"

"삼십 냥이면 장정이 삼십 년 동안 한 푼도 쓰지 않고 모은 돈이지. 그 낙화루의 낙양사화도 삼십 번은 품을 수 있는 엄청난 거금이야."

낙양사화 정도 되는 기녀는 돈만으로 살 수 있는 수준이 아니지만, 어찌 됐든 세간에는 그녀와 하룻밤이 금 한 냥이라

소문이 나 있는 상태였다.

피월려는 더욱 놀람을 감추지 못하며 말했다.

"여, 여기 있는 사람들은 다 낙양흑검을 잡으려고 모인 사람들이오?"

"그거야 도시에 있는 인간들이 그런 것이지. 하지만, 그들은 나처럼 중요한 정보를 모르네."

"그것이 무엇입니까?"

그 남자는 회심의 미소를 지으며 객잔을 향해서 고개를 까닥였다.

"지금 저 객잔 안에 누가 있는지 아나?"

"그거야 모르죠."

"바로 축보흡지(築步翁祗) 고판이 있지."

피월려는 그 이름을 전혀 들어본 일이 없었지만, 일단 놀란 척은 유지했다.

"축보흡지라면!"

"맞네. 구파일방 중 하나인 무당파의 장로와 호각을 이뤘다는 절정고수 말일세. 세간에는 그의 무위가 심지어 초절정에 이르렀다고 말하는 사람도 있다네. 그가 자기 지인들을 이끌고 직접 낙양흑검을 사냥하러 왔다는 것이지."

"그, 그렇다면 이미 물 건너간 것 아닙니까?"

"큭큭큭, 그렇지. 지금 그렇게 생각하는 자들이 많아. 하지만, 나는 생각이 다르다네."

"어떻게 다르십니까?"

"축보흡지는 절대로 낙양흑검을 이기지 못한다는 것이지. 세간의 소문은 과장되기가 일쑤, 그가 무당파의 장로와 호각을 이뤘다는 것도 사실은 겨우 살아 도망친 것일 게야. 그의 실력은 좋게 보아도 일류 중 상급이겠지."

"그것을 어찌 압니까?"

"저 객잔에서 지인들과 틀어박혀서 계획을 짜고 있다는 것이 바로 증거라네. 초절정을 이룩한 고수라면 뭐하러 지인들과 짝을 이루겠나? 홀로 가서 죽이면 될 일이지. 우리는 축보흡지와 그의 지인들이 낙양흑검과 격돌할 때 적당히 기회를 보다가 어부지리를 노리는 것이네."

"오호라! 선배님의 혜안에 이 후배는 감탄할 따름입니다."

"하하하, 무림에서 오래 살아남으려면 지혜가 있어야 하지 않겠는가? 그런데 이름을 아직도 모르는군. 자네 이름이 뭔가?"

"왕일이라 합니다. 하북 쪽에서는 흑귀로 불렸습니다만."

흑귀라는 별호는 동시대에도 그 숫자가 백 단위를 넘어갈 정도로 많다. 그리고 왕일이라는 이름은 말할 것도 없었다.

굳이 확인할 필요를 느끼지 못한 그 남자는 중얼거리듯 말했다.

"하북의 흑귀 왕일? 흠. 좋은 별호와 이름이군. 내 이름은 설편이네. 그나마 가장 잘 알려진 별호는 호산수(浩山手)이고. 혹시 들어본 일이 있는가? 섬서 쪽에는 꽤 아는 친구들이 있는데."

"이 후배가 견문이 별로 넓지 않아 들어본 적은 없습니다만, 이번 기회에 꼭 기억해 두겠습니다."

"아하하, 나야 좋지. 그럼 자네도 우리와 함께 행동하는 것으로 하세."

"선배님의 아량에 감사드립니다."

피월려는 포권을 취했고, 설편은 고개를 끄덕이며 인자한 미소를 지었다. 그는 곧 설편 뒤에 적당한 곳에 자리를 잡았다.

점차 그의 눈빛은 깊게 가라앉았다.

어떤 계기를 통해서 무림인이 되었지만, 무공에 선천적인 재능이 없어 고강한 수준에 이르지 못한 하수는 승승장구하는 고수들의 먹잇감이 되어 빠르게 무림에서 사라진다. 하지만, 그런 자 중 특유의 약삭빠른 머리와 간사한 성정을 지녀 이제 막 무림인이 된 후배들에 기생하여 삶을 영위하는 자들이 있다. 대부분 처음에 살갑게 구는 척하며 뒤로는 암수를 준비하는 독사 같은 자들이다.

피월려는 설편 같은 자를 잘 알았다.

설편은 아마 타고난 언변으로 여기 있는 하수들을 모두 끌어들였을 것이다. 결정적인 순간에 이들을 방패막이로 사용하기 위함이 분명했다. 피월려는 그를 비난하고 싶지는 않았다. 무림이란 이런 관문을 통과한 자만이 살아남을 수 있는 매정한 곳이니까.

피월려는 일단 그들과 같이 행동하기로 마음먹었다. 지금은 조용히 적당한 기회를 기다릴 때다.

지루한 시간이 흘러, 태양은 점차 고도를 높여갔다. 그 기운이 하늘의 가장 높은 곳에 이르니 자극을 받은 극양혈마공의 기운 또한 피월려의 육체에 가득 들어찼다.

마법을 배워 음기가 강해진 진설린과의 음양합일은 전과 같이 마기를 안정시키기는 했지만, 그 과정에서 내력을 소모하게 되었다. 그래서 지금까지 그의 내력은 조금 부족한 상태였으나, 태양이 솟아나는 샘물처럼 그의 내력을 채워주었다. 그가 말했던 것처럼, 극양혈마공은 내력을 조금 소실했다고 격정할 정도로 질 낮은 내공이 아니다.

그러나 그것도 가득 찰 때까지의 이야기다. 극양혈마공은 어디까지나 마공이며, 안전성이 배제된 위험한 것이다. 주인의 몸에 내력이 가득 찼다고 해서, 달콤한 태양의 기운을 흡수하지 않을 리가 없다.

그릇이 가득 차면 넘치는 법이다. 피월려는 서서히 피어올라 오는 마기를 제어하기 위해서 안간힘을 썼다. 그러나 용안심공을 익혀 놀라운 정신력을 지니게 된 그에게도 그리 쉬운 일이 아니었다.

극양혈마공을 익힌 마인이 태양의 기운이 가장 강력한 정오에 마기를 숨기려 하는 것은 마치 수십 명의 목을 자른 망나니에게서 피 냄새와 술 냄새를 없애려는 것과 같다.

피월려의 걱정대로, 그의 안광에는 마기가 서리기 시작했다.

좋은 기감을 가진 고수가 아니라면 살기나 마기와 같은 추상적인 기운들은 그 사람의 눈을 봐야지만 알아챌 수 있기 때문에, 피월려는 피곤한 듯 연기하면서 눈을 게슴츠레 뜨고 시선을 땅에 두었다.

설편을 포함해서 주위의 무림인들은 모두 실력이 형편없었기에 눈빛만 잘 관리하면 들키지 않을 수 있었다. 그러나 그렇다 할지라도, 무심코 피월려의 눈을 본 사람이 있다면 등에 소름이 돋는 공포를 느낄 것이다.

사람들은 점차 피월려의 주변에서 멀어졌다. 그들 중 누구도 피월려의 마기를 눈치챈 것은 아니다. 단지, 그들 속에 녹아든 생존 본능이 그들로 하여금 위험한 자리를 본능적으로 피하게 한 것이다.

그렇게 피월려가 외톨이가 되어 가는 도중, 객잔의 앞문이

벌컥 열렸다.

모든 이의 시선이 쏠린 가운데, 문을 지키던 다섯 남자는
어떤 말을 전해 듣고는 안으로 들어갔다.

"슬슬 시작하는군. 일어들 납시다."

설편은 사람들에게 그리 말하면서, 손목을 꺾으며 일어났
다.

그의 말을 들은 사람들 또한 하나둘씩 일어나면서 옆에 둔
각자의 무기를 들었다.

반각도 지나지 않아, 객잔의 정문이 활짝 열리면서 수십 명
의 사람이 쏟아져 나오기 시작했다.

생긴 얼굴도 입은 옷도, 가진 무기도 각양각색이었지만, 한
가지 공통점이 있다면 모두 쉽게 볼 수 있는 하수들은 절대로
아니라는 것이다.

그리고 그들 중 한 명, 가장 앞장선 남자는 용안심공을 사
용하더라도 쉽게 우위를 점할 수 없다고 생각될 정도의 위압
감을 전신에서 내뿜고 있었다. 일전을 앞두고 정신과 감각의
날을 날카롭게 갈아낸 것이, 걸음걸이에서부터 투기가 발산되
었다.

그들이 모두 지나가자 설편은 사람들에게 손짓했다.

"어서 따라갑시다."

무리는 어정쩡한 자세로 설편을 따라 그들을 미행했다. 그

러나 초조한 표정이 얼굴에 가득한 것이, 지금껏 미행다운 미행을 해본 적이 없는 것이 확실했다.

그들의 움직임은 마치 큰 물고기에 대항하기 위해서 무리를 짓고 헤엄치는 나약하고 조그마한 물고기 떼와 같았다.

홀로 서지 못하는 약한 자들이 옹기종기 모여 서로 의지하는 안쓰러운 신파극이다. 피월려는 그들의 중심에 조용히 몸을 숨겼고 사람들이 풍기는 은은한 투지 속에 마기의 존재를 감췄다.

거대한 상어는 작은 물고기 떼 속에서 몸을 낮추고 웅크렸다.

그들은 곧 성문을 만나게 되었다.

피월려는 태양의 위치를 가늠하여서, 그 성문이 언사의 남문인 것을 알 수 있었다.

그런데 이상하게 사람이 많다. 축보흡지가 움직인다는 것 때문일까? 만약 그렇다 해도, 앞으로 나아갈 수 없을 정도로 사람들이 빼곡히 있지는 않을 것이다. 게다가 군중은 통 움직일 생각을 하지 않았다. 그렇다는 뜻은, 누군가 성문을 막는 것이 틀림없었다.

그때였다.

"어어!"

"저기 봐봐!"

사람들이 가리키는 곳에, 누군가 화려한 경공을 뽐내며 등장했다.

아무것도 없는 공중에서 수십 번을 회전하며 위로 솟구치는 것이, 중원 어디서도 찾아보기 어려운 수준의 경공이었다. 성문 한쪽 끝에 한 마리의 새처럼 부드럽게 착지한 그 남자는 손을 좌악 펼쳐 보이며 군중을 진정시켰다.

머리카락이 한 올도 없는 대머리, 탁한 회색의 허름한 승복, 그리고 사람의 키보다 더 긴 붉은색의 곤봉. 이런 외형을 가진 무림인은 전 중원에 한 곳밖에 없다.

"소림파다!"

"소림파야!"

한두 사람을 시작으로 사람들은 크게 동요하기 시작했다.

소림파라면 백도의 뿌리인 구파일방에서도 가장 오래된 곳으로 처음 무공의 시초가 발생한 곳이기도 하다. 소림파는 무림인에게 있어 단순히 하나의 강력한 문파가 아니라 경외의 대상이다.

소림파의 인물로 보이는 그가 양손을 가슴에 모으고 고개를 한 번 숙이더니 곧 큰 목소리로 외치기 시작하자, 사람들은 한순간에 모두 입을 다물었다.

"나무아미타불! 친애하는 무림동포 여러분. 제 이름은 방통, 부족하지만 소림파의 십팔나한 중 한 사람입니다. 이 어리석은 중이 여러 시주님께 감히 한 말씀 올리고자 합니다. 지금 이곳에 여러분이 모인 이유는 희대의 마인인 낙양흑검을 처단하기 위함으로 알고 있습니다. 그 마음에 이 부족인 소승도 깊이 탄복하였습니다. 다만 소림파 또한 소림파의 앞마당에서 활개 치는 마인을 그냥 둘 수는 없다고 판단, 못된 마인에게 겸손을 가르치라고 방장께서 직접 저희 십팔나한에게 명하셨습니다. 따라서 더는 무림동포 여러분들께서 걱정하지 않으셔도 됩니다. 여러 시주분의 의협심은 소림파에서도 잊지 않도록 하겠습니다."

"……."

방통의 말이 끝나자 사람들은 모두 벙어리가 되었다. 그들 중 단 한 명도 의협심 때문에 움직인 사람은 없었다. 모두 낙양흑검에게 걸린 현상금을 얻으려고 움직인 흑도인들이다. 그러니 소림파에서 낙양흑검을 잡아버린다면 언사에 헛걸음한 것이다.

그렇다고 현 무림에 가장 강력한 영향력을 가진 소림파를 상대로 따질 수도 없었다. 좋은 예로, 축보흡지 고관조차 침을 뱉으며 작게 욕설을 했을 뿐 방통에게 뭐라 항의하지 못했다.

방통은 말을 이었다.

"지금 낙양흑검의 위치는 이곳에서 남쪽에 있는 것으로 확인되었습니다. 소림파는 전력을 다하여 이 악인에게 가르침을 내릴 것입니다. 따라서 무림동포 여러분께서는 한시름 놓으셔도 됩니다. 그리고 여러분의 안전을 지키고자 이 시각 이후로 남문은 봉하도록 하겠습니다. 그러니 불편하더라도 양해해 주셨으면 합니다."

방통은 그리 말하고 나서 훌쩍 뛰어 아래로 내려왔다. 그리고 곤봉을 양손으로 들고 합장하는 자세를 취했다. 그는 눈을 감았다가 번쩍 떴는데, 그 눈빛 속에 담긴 굳은 의지는 누구라도 이곳을 지나가려 하면 싸움을 마다하지 않겠다고 말하는 듯했다.

소림파의 유일한 무력 집단인 십팔나한은 모두가 젊은 스님으로, 그들 모두는 절정의 무위를 갖추고 있다고 알려졌다. 단순히 무위만 놓고 봐도 여기서 방통을 이길 사람은 축보흡지와 피월려를 제외하고 아무도 없을뿐더러, 소림파를 건들고 무사할 정도의 배경을 가진 사람도 피월려를 제외하고 아무도 없었다.

하지만 방통을 뚫고 지나갈 수 있는 유일한 사람인 피월려는 그럴 생각이 추호도 없었다. 소림파와 척을 지는 것도, 사람들의 이목을 끄는 것도 그에게 좋은 점은 아무것도 없었기 때문이다.

소림파의 개입으로 희망을 잃은 무림인들은 하나둘씩 남문에서 떠나기 시작했다. 설편과 그의 인간 방패들 또한 인사도 없이 발걸음을 돌렸다. 그러나 피월려는 그 자리에 서서 한 발자국도 움직이지 않은 채 생각에 잠겼다.

왜 소림파는 남문을 봉했는가? 정말로 낙양흑검의 현상금을 독차지하기 위함인가? 그러나 그렇다고 하기에는 소림파의 무게가 너무 무겁다. 또한, 소림파와 같은 구파일방은 재물이 그리 필요한 곳이 아니다.

분명히 무언가 다른 것이 있을 것이다.

남쪽으로 가야 하나?

언사와 같은 도시는 남문 하나를 봉했다고 남쪽으로 가는 길이 없을 정도로 작은 곳이 아니다. 게다가 순찰하는 관병도 없으니, 밖으로 나가는 구멍이 송송 나 있을 것이다. 문제는 소림파의 의지에 반박하느냐인데, 많은 사람은 소림파가 개입했다는 것으로 이 일이 이미 끝났다고 생각하여 남쪽으로 가지 않을 것이다.

즉, 하려고만 한다면 누구든 할 수 있다. 피월려는 아무도 눈치채지 못하게 주변을 살피며 그처럼 방통의 말에 의구심이 들어 고민하는 자를 찾았다. 피월려의 예상대로 축보흡지와 그의 무리는 작게 소곤거리며 의논하고 있었고 그 외에 하나의 다른 무리 또한 자기들끼리 뭐라 이야기를 하더니 한쪽으로 사라졌다.

피월려는 떠나는 척, 북쪽으로 걸음을 걷다가 다시 삥 돌아서 남문으로 다가왔다. 그리고 한구석에 몸을 숨기고 축보흡지와 그의 무리가 움직이는 것을 기다렸다. 한각이 흐르고, 그 무리의 상당수가 포권을 취하며 축보흡지와 인사를 나누고 걸음을 옮겼다. 축보흡지 옆에 남은 자들은 서너 명이 전부였다.

피월려가 볼 때, 남은 자들은 축보흡지의 무리에서도 실력자들뿐이었다. 축보흡지는 아직 사냥을 포기하지 않은 것이 분명하다. 설편이 그랬던 것처럼, 한번 좋은 기회를 포착하려 하는 것이다. 다른 점이 있다면 그들은 소수정예다.

그들이 움직이자, 피월려는 조용히 뒤를 따랐다. 그는 나름 신경 써서 은밀히 움직인다고 했으나 주하의 눈에는 전혀 그렇지 않아 보이는 듯했다.

[미행 솜씨가 형편없으시군요.]

주하의 전음에 피월려는 조용히 속삭이듯 대꾸했다.

"야박하군, 나름 노력한 것이오."

[그런 식의 움직임은, 그나마 숲속에서 쓸모가 있겠군요. 그것도 동물을 상대한다고 가정했을 때 말이죠. 시내에서는 대상이 바보가 아닌 이상 눈치챌 것입니다.]

"축보흡지는 아직 눈치를 못 챘소만, 그렇다고 바보로 보이지는 않는구려."

주하는 피월려의 빈정거림을 가볍게 무시하며 직접적인 조언을 건넸다.

[움직임에 유(柔)를 제하고 각(角)을 더하십시오.]

"각을 더하라? 무슨 뜻이오?"

[인간이 만든 것은 자고로 각이 많은 법입니다. 그에 반해 인간의 몸은 부드럽습니다. 숲에서야 자연의 부드러움 속에 육체의 부드러움이 얼마나 녹아드느냐가 중요하지만, 시내에서 그렇게 했다가는, 존재감이 각진 곳으로 돌출하게 됩니다.]

"어렵군. 쉽게 설명해 주시면 안 되겠소?"

[곡선을 직선화하라는 말입니다.]

"훨씬 쉽군. 처음부터 그리 말하면 되지 않소?"

[피 대원의 수준을 잠시 망각하고 있었습니다. 죄송합니다.]

"그거, 욕이오? 사과이오?"

[둘 다입니다.]

"어쨌든 조언은 고맙소."

피월려는 주하의 말을 생각하며 몸을 딱딱하게 다루기 시작했다. 지금까지 근육으로 몸을 움직였다면, 지금부터는 뼈로 몸을 움직이는 느낌이었다.

그러자 그의 움직임은 놀라운 수준으로 신밀해졌다.

[대단하군요. 말 한마디에 이토록 변하다니.]

피월려는 입꼬리를 슬쩍 올리며 말했다.

"내 수준을 잠시 망각하고 있었던 것은 아니오?"

주하는 잠시 말이 없다가 툭하니 대꾸했다.

[속이 좁으시군요. 미행에 집중하십시오.]

"뭐, 그러지."

비웃음이 흘러나왔지만, 미행 도중 소리를 낼 수는 없었다. 피월려는 비웃음을 속으로 삭이면서, 무너져 내린 성벽을 뛰어넘어 막 언사 밖으로 나가는 축보흡지와 그의 무리를 주시했다.

그들의 모습이 사라지자마자, 피월려도 그들을 따라 움직였다. 널브러진 돌을 밟고 크게 도약하며 성벽을 뛰어 고양이처럼 반대편에 착지했다.

그리고 그때, 검 하나가 그의 정수리를 향해 떨어졌다.

"잠시!"

피월려는 말을 끝까지 하지 못했다. 워낙 신속한 기습이라, 우선 몸을 피신하지 않고는 대화를 할 수 없었다.

피월려는 착지하며 생긴 충격을 그대로 받아 앞으로 크게 굴렀다. 그러나 그의 정수리를 노리던 검이 뱀처럼 갑자기 방향을 바꿔 그의 등 뒤를 노렸다. 용안은 더는 피할 수 없다고 판단했다.

피월려는 빠르게 발검하며 발목을 돌려 뒤로 반 바퀴를 돌았다. 발검으로 생긴 회전력에 몸의 회전력까지 더해지니 주소군의 자설귀검공 수준의 가속도가 붙었고, 새끼손가락 마디 하나 차이를 두고 그 검을 튕겨낼 수 있었다.

챙!

검이 부딪치는 소리와 함께 피월려는 손아귀에서 힘을 빼며 검을 공중에 버렸다. 그리고 모든 내력을 끌어모아 발에 집중했다. 그의 두 발이 위치한 땅이 움푹 패여 들어가며 가공할 탄력이 폭발했고, 피월려는 쏜살같이 앞으로 쏘아지기 시작했다.

그의 머리가 불쑥 앞으로 나올 때쯤, 그가 버린 검은 충돌로 인해서 공중에서 번잡하게 돌며 튕기려 하고 있었다. 피월려는 왼손을 들어 그 검을 역수(逆手)로 잡았다.

그 순간, 육체의 탄력이 한계에 도달하여 그의 몸은 화살처럼 쏘아졌다. 역수로 잡은 검은 바람의 저항에 밀려 뒤로 휘여 꺾였고, 그의 발과 어깨를 보호하는 갑옷이 되었다.

팅! 팅!

두 개의 화살은 피월려의 검에 부딪혀 맥없이 떨어졌다. 피월려는 눈 하나 깜짝하지 않고, 눈앞에 있는 사내의 목에 신경을 집중했다. 죽음을 느낀 그 남자의 눈빛에는 공포가 떠올랐다.

두어 번의 헛손질을 가볍게 피한 피월려는 오른손을 촉수처럼 뻗어 그 남자의 목을 움켜쥐었다.

"크, 커억!"

뇌로 통하는 기혈이 막히자 목 아래와 위가 완전히 단절되었다. 몸에서 출발한 피는 뇌에 도달하지 못했고, 뇌에서 출발한 명령은 몸에 도달하지 못했다. 눈깔은 뒤집혔고, 다리는 후들거렸다.

낙엽처럼 힘없이 앞으로 쓰러지는 그 사내의 몸을 어깨로 붙든 피월려는 역수로 잡은 검을 그 남자의 목 언저리에 가져가고는 경고를 담은 눈빛으로 주변을 훑어보았다. 그의 3보 앞에는 긴 철검을 뽑아들고 살기를 내뿜는 축보흡지가 있었고, 멀리 죽궁(竹弓)에 시위를 걸고 피월려를 겨냥하는 두 명의 사내도 보였다.

제이십사장(第二十四章)

축보흡지가 말했다.

"왜 우리를 미행한 것이지?"

축보흡지는 피월려의 미행을 알아차리고는 함정을 파놓고 기다렸던 것이다. 바보가 아니라면 알아차릴 것이라는 주하의 말은 정확했다. 기분이 상당히 언짢아졌지만, 일단 오해를 푸는 것이 순서. 피월려는 잡고 있던 사내를 앞으로 던지듯 놔주면서 두 손을 위로 들어 보였다.

"적의(敵意)가 있어 그런 것은 아니오. 오해하지 않았으면 하오."

땅에 엎어지듯하며 물속에서 헤엄을 치는 것처럼 양팔을 허우적거린 그 남자는 목에서 느껴지는 고통을 참지 못하고 컥컥거렸다.

손으로 목젖 주위를 쓸면서 한동안 욕설을 내뱉던 그는 갑자기 피월려를 향해 달려들려 했다.

"이 개자식이!"

사내는 주먹이라도 날릴 기세로 일어났다. 그러나 뒤에서 가만히 지켜보던 축보흡지는 왼손으로 그의 어깨를 붙잡았다.

"진정해라."

"형님! 저 개잡놈이 제게 한 것을 보셨잖습니까?"

"진정하라 했다."

"형님!"

축보흡지는 그 사내의 어깨를 툭툭 쳐주고는 앞으로 나서며 피월려에게 물었다.

"오해하지 말라? 재밌군. 네놈은 네놈을 미행하는 인간을 그냥 놔두나 보지?"

"내 설명을 먼저 들어보시오."

변변찮은 놈이라면 설명을 들을 가치도 없이 그냥 잡아다가 죽인다.

그러나 피월려는 그들을 상대할 만한 충분한 실력을 지니고 있었고, 그것을 몸소 보여주었다.

아무리 적이라도 대등한 상대의 의견을 존중해 주는 것은 무림의 암묵적인 법칙이다. 무작정 적과 생사혈전을 한다면, 적을 죽일 순 있어도 아군의 피해가 없으리란 법도 없고, 이 무림에서 큰 상처를 입었다가는 그만큼 살아남기 어려워진다.

축보흡지는 말했다.

"좋다. 네 정체와 목적, 이 두 가지를 밝혀라."

"우선 미행한 이유는 낙양흑검을 직접 잡고 싶어 그렇게 한 것이오. 소림파에서 현상금에 미련을 둘 리는 없을 터, 운이 좋으면 한몫을 노릴 수 있다고 생각했고, 축보흡지 선배께서 나와 같은 생각을 하고 있으리라 판단하여, 선배를 미행한 것이오. 선배께서는 그의 위치를 알고 있지 않소?"

"네놈의 정체는 밝히지 않았다. 누구냐?"

"난 하북의 흑귀라 불리는 왕일이라 하오."

"수작 부리지 마라. 그런 시답잖은 별호를 단 놈이 그 정도의 무공을 익히고 있을 리가 없다. 네놈이 일 초에 제압한 이놈도 야살랑이란 별호가 있는 마당에 흑귀라니, 그걸 믿으라 하는 말이냐?"

"역시 선배도 내 실력과 비교하면 흑귀라는 별호가 시답지 않다고 생각하지 않소? 내가 낙양흑검을 잡으려는 이유는 새로운 별호를 얻으려하는 것이오. 개인적으로 흑검살협(黑劍殺

俠) 정도는 돼야 한다 보오."

"보아하니 흑도놈 같은데 협이라니? 엉뚱한 놈이구나."

"지금은 사정이 이래서 흑도의 길을 걷고 있으나, 언젠간 구파일방에 들어가 장문인이 되는 것이 꿈인지라, 우선 명성을 기르려 하고 있소."

"그럼 아까 말한 현상금은 뭐냐? 그것은 거짓말이었더냐?"

피월려는 검을 검집에 집어넣으며 무장을 완전히 해제했다. 그러고는 손을 비비면서 넉살 좋은 장사꾼처럼 씩 웃었다.

"그래서 선배에게 제안 하나 하고자 하오."

축보흡지는 의심이 가득한 눈초리로 피월려를 노려보았다.

"그것이 무슨 뜻이냐?"

"나에게 지금 필요한 것은 돈보다는 명성이오. 아직 내 나이가 젊으니 낙양흑검 정도 되는 마인을 쳐 죽이면 단번에 각광받는 소협이 되는 것도 꿈은 아니오. 그러면 구파일방에서도 손을 벌리고 품으려 할 것이오."

"그래서?"

"솔직히 말하면, 아직 나는 낙양흑검을 죽일 수 있을 정도의 실력을 갖췄다고 자신하지 못하겠소. 소문을 들으니 낙양흑검은 청일검수와 청일문도 육십여 명을 포함, 총 백이 넘어가는 무림인을 홀로 도륙했다고 하오. 그런 괴물을 이제 막

이류를 벗어난 내가 어떻게 이길 수 있겠소."

"본론을 말해라."

"나도 이번 토벌에 끼워주시오. 자신하건대 나는 발목을 붙잡진 않을 실력을 지니고 있소."

"네놈에게 줄 몫은 없다."

"물론 그렇소. 내가 아까도 말하지 않았소. 나는 돈보다는 명성이라고."

축보흡지는 입을 살짝 벌리면서 이해가 간다는 듯이 고개를 느리게 끄덕였다.

"오호라. 현상금은 필요 없으니 그 대신 명성을 달라?"

피월려는 양손을 펴고 흔들며 말했다.

"바로 그렇소! 여기 네 분께서 조금 과장해서 소문만 내주셔도 충분할 것이오!"

축보흡지는 양옆을 보며, 동료에게 눈짓했다. 그러자 죽궁을 든 자들은 활시위에 힘을 빼며 아래로 향했고, 야살랑이라는 자도 검을 검집에 넣었다. 마지막으로 축보흡지는 검을 거두고는 말했다.

"뭐, 괜찮은 생각이군. 네놈 정도 실력이면 충분히 우리와 같이 행동할 만하지. 그러나 허튼 생각을 하면 바로 모가지가 날아갈 줄 알아라."

"나는 그리 어리석은 사람이 아니오."

축보흡지는 그에게 손짓하며 몸을 돌렸다.

"따라와라. 우선 만나봐야 할 사람이 있다."

그들은 걸음을 걷기 시작했고, 피월려도 옆에서 따라 걸으며 물었다.

"만나봐야 할 사람? 누구를 말하는 것이오?"

축보흡지는 그를 보며 대답했다.

"설마 내가 이번 일의 주체라고 생각했느냐? 나는 네놈이 쓸모 있다고 생각하지만, 그들도 그리 생각할지는 미지수지."

"그들? 그들이 누구이오?"

"만나보면 안다."

피월려는 짐짓 모르는 척, 어리둥절한 표정을 지어 보였으나, 축보흡지는 더는 말해줄 의향이 없는지 딱 잘라 말했다.

[연기력이 대단하십니다.]

주하의 빈정거림이 귓가에 울렸지만, 전음을 할 줄 모르는 피월려로서는 마땅히 대꾸할 수 있는 방도가 없었다.

그렇게 숲속에서 일다경 정도를 걸으니, 큼지막한 공터가 나왔다.

그곳에는 큼지막한 나무가 듬성듬성 나 있어, 시야를 확보하는 데 어려움이 없는 평범한 돌밭이었다. 그리고 그 돌밭의 한가운데에는 열다섯에서 스무 명 정도 되는 무리가 넓은 원을 그리는 형태로 야영하고 있었다. 그들의 중앙에는 연기가 모락모락 피어나는 꺼진 불 자리 위로, 거대한 돼지의 앙상한 뼈가 굵은 나무에 대롱대롱 매달려 있었다. 아마, 막 식사를 마친 듯싶었다.

그러나 그들에게서 식후의 화기애애한 분위기는 전혀 찾아볼 수 없었다. 오히려 오랜만에 겨우 식사를 마친 패잔병과 같았다. 그들은 낙엽이 떨어지는 소리에도 번뜩번뜩 살기를 돋아냈고, 바람이 한번 불기만 해도 경계하는 눈빛으로 주변을 살폈다.

그들에게서 느껴지는 기세는 천마신교의 흑룡대만큼이나 매서웠다.

피월려와 축보흡지 일행이 다가가자, 그들의 모습이 좀 더 자세히 보이기 시작했다.

기세만 놓고 보면 무림인이 확실한데, 행색이 너무나도 비슷했다.

반듯한 청자색의 의복과 영웅건.

길이만 다르지 모양이나 형태가 같은 검과 도.

이들은 다름 아닌 청일문이었다.

축보흡지는 긴장한 표정으로 피월려에게 말했다.

"저들이 누군지 아나?"

피월려는 고개를 끄덕였다.

"청일문으로 알고 있소."

"그래, 청일문이다. 네가 말한 것처럼, 낙양흑검에게 육십 명이나 도살당한 자들이지. 그중에는 그들의 문주인 청일검수도 있었다. 그들이 지금 지닌 분노는 가히 하늘에 미칠 지경이다. 이번에 현상금을 건 것도 관이 아니라 그들이지. 사문의 돈을 탈탈 털어서 사람들을 끌어모았고 남은 인원 중 단한 명도 빠짐없이 이번 추살에 동참했다. 전부 복수심에 반쯤 미쳐 있어."

"아까 말한 그들이 바로 청일문이었소?"

"그렇다. 나는 소문을 내서 사람들을 언사에 모이게 하여 청일문에서 손쓰기 쉬운 상황을 만드는 역할을 담당했었지. 그 대가로 금 한 냥을 받기로 했고."

"오호라, 일이 그렇게 돌아가는 것이었군! 그렇다면, 내가 요구한 것은 어떻게 되오? 청일문에서 내게 명성을 양보하겠소?"

"저들의 관심은 오로지 복수다. 돈도 아니고 명성도 아니지. 그러니 말만 잘하면 아마 허락할 것이다. 그러나 그만큼 네놈은 위험천만한 역할을 해야 할 것이야. 예를 들면 낙양흑검을 끌어들이는 미끼 같은 것 말이다. 자신 없으면 여기서 그만둬라."

손가락으로 피월려의 가슴을 툭툭 건들며 경고한 축보흡지는 반달처럼 찢어진 눈으로 피월려를 응시했다. 피월려는 축보흡지와 같은 눈빛으로 대응했다.

"그 정도로 물러날 내가 아니오. 걱정하지 마시오."

축보흡지는 혀를 차면서 아무 말도 하지 않다가, 피월려의 어깨를 손으로 두어 번 다독였다.

"좋다. 젊은 놈이 그 정도의 패기는 있어야지."

축보흡지는 몸을 돌려 청일문이 있는 곳으로 걸었고, 그의 일행과 피월려는 이 보 정도 뒤에서 그를 따라 걸었다.

얼마 지나지 않아 축보흡지는 한 사람 앞에 섰고, 그 사람은 피월려도 아는 사람이었다.

그를 처음 만난 건 뱃사공 노인을 죽였던 그날 밤, 배를 타기 전이었다. 두 번째로 본 건, 흑설의 목숨을 지키기 위해서 성내에서 싸움을 했을 때였다.

그는 자기를 왕창삼이라 했었다.

다행히 왕창삼은 한 곳에 정신이 팔려 있어 피월려와 축보흡지의 존재를 눈치채지 못했다.

그는 눈앞에 지도를 펼쳐놓고 부관으로 보이는 두 명의 사내와 논의를 하는 데에 심력을 쏟고 있었다. 피곤한 얼굴로 전략과 전술을 짜는 그들의 모습에는 마치 전쟁을 하는 장군과 같은 위엄이 서려 있었다.

축보흡지가 그에게 한 발짝 다가가려 하자, 근엄한 표정으로 서 있던 두 무사 중 한 명이 팔을 뻗어 그를 제지했다.

"기다리시오."

그런데 왕창삼이 호위무사로 보이는 그 남자의 말을 들었는지, 지도에서 고개를 돌려 축보흡지를 보았다.

"축보흡지? 왜 여기 있는 것이오?"

축보흡지는 다소 공손한 태도로 말했다.

"상황이 변했소."

"무엇이 어떻게 변했소?"

"소림파의 개입이 있었소. 십팔나한을 파견하여 언사의 남문을 봉하고, 낙양흑검을 추적하려는 무림인들에게 돌아가라 엄포를 놓았소."

"소림파? 그들이 왜?"

"그들의 말로는, 그들 앞에서 활개치는 마인을 그냥 두고 볼 수 없다 하였소."

왕창삼의 눈이 날카롭게 변했다.

"흠……. 너희는 어떻게 생각하느냐?"

부관들이 대답했다.

"어불성설입니다. 소림파에서 언제 그런 것에 신경이나 썼습니까?"

"제 의견도 같습니다. 분명히 뭔가 다른 것이 있습니다."

왕창삼은 손을 모아 입으로 가져갔다.

"역시… 내 생각도 같다. 맛이 가지 않고서야 그 땡중들이 갑자기 마인을 토벌하겠다고 나설 리가 없지. 지금 소림파의 명예에 문제가 있는 것도 아니고… 혹, 저번에 그 정보와 관련이 있는 것이 아닌가?"

"그 정보라 하시면?"

"마교 말이다."

"아, 그 낙양 북쪽에 나타난 마교인들 말씀이십니까?"

"그래. 그들의 출현 때문에 혹여 낙양흑검이 마교의 인물이 아닌가, 조사하지 않았더냐?"

"하오문에서 낙양흑검의 출현은 마교인의 출현과는 별개의 것이라 하지 않았습니까? 그 정보가 틀렸을 수도 있다는 말입니까?"

"그건 아닐 것이다. 금 두 냥이나 처먹고 거짓부렁을 지껄일 만큼 하오문은 어리석은 놈들이 아니지. 내 말은 그 정보를 소림파에서 오해했을 수도 있다는 말이다."

"아! 그렇다면, 소림파에서 마교인을 견제하기 위해서 십팔 나한을 보냈다는 뜻입니까?"

"그렇지. 마기를 풀풀 풍겨대는 마교인들이 낙양 북쪽에 있었다는 정보는 하오문이 아니더라도 충분히 알 수 있는 저급 정보다. 눈과 귀가 취약한 소림파에서는 그것만 알고 십팔나한을 보냈었을 수도 있지. 낙양흑검이 일으킨 살겁을 마교에서 조종했다고 생각하고 말이야."

"과연……."

부관들은 서로를 보며 고개를 끄덕였다. 왕창삼의 추측이 그럴싸했기 때문이다. 왕창삼은 자기의 의견에 대해서 모두 동의하는 것을 보고는 나지막하게 말했다.

"계획대로 오늘 잡기에는 조금 무리가 있어 보이는군. 소림파가 어떻게 나올지는 아무도 모르니까."

그러자 부관 중 한 명이 다급한 목소리로 말했다.

"하지만, 오늘을 놓치면 영영 낙양흑검을 잡을 수 없을지도 모릅니다. 그나마 삼 일밖에 지나지 않아, 그의 위치를 알 수 있었지요. 정신이 온전하지 않은 그 미친놈의 행동은 그 누구도 예상할 수 없습니다. 시일이 지나면 지날수록 그의 행방은 묘연해질 것입니다."

"그리고 사문의 원한(怨恨)은 그만큼 깊어질 것이고……."

"……."

왕창삼은 눈을 감고는 한동안 거친 호흡만 내쉬며 깊게 고민했다. 모두 숨을 죽이고 그를 바라보며 결정을 내리기를 기다렸다. 반각이 흐르자, 그는 가래를 입안에 모아 딱하고 땅에 뱉었다.

"퉤! 오늘 밤 야영할 곳을 찾아라. 그 미친놈과 너무 멀어서도 가까워서도 안 된다."

"그냥 이곳은 어떻습니까? 좋은 공터로 보이는데."

"여긴 너무 가깝다. 밤에 불을 피워놓으면 그놈이 불시에 들이닥칠 수도 있어."

"그럼 북서로 이동합니까?"

"아니, 소림파 때문에 언사로 돌아가기도 껄끄럽다. 북동으로 가는 것이 좋겠다."

"존명! 그러면 그리 명하겠습니다."

그 부관은 다른 이들에게 명을 전하러 그곳을 떠났다. 왕창삼은 축보흡지에게 고개를 돌려 물었다.

"그대는 어떻게 할 것이오? 소림파 때문에 약조를 지키기 어렵게 되었으니 그냥 우리와 함께 행동하여 낙양흑검을 잡는 것이 어떻소? 그렇게만 해줘도 금전을 주겠소. 다섯 냥 어떻소?"

축보흡지는 잠시 고민했다. 전에 맡은 역할은 사람들을 선동하는 것뿐이니 그리 위험하지 않아 선뜻 나섰었다. 그러나 만약 낙양흑검을 추살하는 데 직접 동참하면, 죽을 각오를 해야 한다.

축보흡지는 넌지시 눈길을 돌려 피월려를 한번 흘겨보았다.

새파랗게 어린놈도 하겠다 한다.

게다가 금전 다섯 냥이다.

그는 혀를 찼다.

"너희는 어떻게 할 거냐? 내가 하면 같이할 것이냐?"

질문을 받은 축보흡지의 일행은 서로를 쳐다보며 눈치를 살피다가 이내 모두 하나같이 고개를 끄덕였다. 그러자 축보흡지는 만족한 듯 미소를 지으며 왕창삼에게 고개를 돌렸다.

"좋소. 나와 우리 아이들은 모두 동참하겠소."

"과연 명불허전이로군. 축보흡지의 명성에 어울리는 배포를 가지셨소. 그런데 전에 못 보던 사내가 있는 것 같은데?"

축보흡지는 손을 들어 흔들면서 깜박했다는 듯이 말했다.

"아, 아, 아… 내가 소개를 하지 않았군. 이쪽은 흑귀라는 자요. 실력이 쓸 만하여 데려왔소."

"흑귀? 흑귀라… 이상하군, 어디서 본 얼굴 같은… 네, 네놈은!"

피월려는 발검했다.

그의 검 끝은 왕창삼의 목젖을 크게 훑었고, 축보흡지의 쇄골 안으로 파고들어 축보흡지의 심장에 도착해서야 멈췄다.

"커억!"

"크아악!"

왕창삼은 피거품이 일어나는 목을 부여잡고 뒤로 쓰러졌고, 축보흡지는 그 자리에 털썩 무릎을 꿇으면서 세상이 떠나가라 비명을 질렀다.

피월려는 자세를 바꾸며 왼손으로 축보흡지의 몸에 꽂혀 있던 검을 잡아 그의 빗장뼈를 쓸며 또 다시 발검했다.

발검술이 극도로 빠른 이유는 검집에 맞물리는 마찰력을 탄력으로 바꾸기 때문이다. 따라서 발검할 때는 검집이 반드시 필요한데, 피월려는 검집 대신 사람의 빗장뼈에 마찰을 일으켜 발검한 것이다.

또 다시 빛과 같은 속도로 가속된 피월려의 검은 야살랑의 목을 깨끗하게 벴다.

퓨수수슛!

내공을 익히는 무인의 단련된 심장은 범인보다 훨씬 더 강력한 압력을 피에 불어넣는다.

야살랑의 잘려 나간 목에서 새빨간 선혈이 하늘에 닿을 듯 높게 솟구쳐 세상을 붉게 물들였다.

중력의 법칙에 의해서 그 피는 다시 땅으로 떨어졌고, 이 엄청난 일을 눈으로 직접 보고도 전혀 이해할 수 없었던 모든 이들은 그대로 그 피를 맞을 수밖에 없었다.

붉은색 비가 언사 앞 한적한 공터 위에 내리기 시작했다.

*　　　　　*　　　　　*

"자, 자객이다!"

그나마 가장 빨리 얼이 돌아온 누군가가 크게 소리치자, 사람들은 모두 검을 빼들었다.

피월려의 검이 워낙 신속이라 그렇지 이 정도면 무인치고도 매우 빠른 반응이었다.

피월려는 호흡을 가다듬으며 검을 양손으로 고쳐 잡고는, 용안심공을 최대한으로 발휘했다. 극한까지 정신력을 잡아먹으며 상황을 판단한 용안이 가장 먼저 가리킨 적은 축보흡지가 알던 두 명의 궁사(弓士)였다.

그들은 이미 시위에 화살을 당기고 있었다.

뒤로 4보.

오른쪽으로 5보.

이론적으로 보면, 근거리도 원거리도 아닌 이 정도의 중거리는 활도 검도 승리를 장담할 수 없다. 궁사의 입장에서는 화살 한 번은 무조건 쏠 수 있지만, 두 번째 시위를 당기기 전에 분명히 공격이 들어오는 거리이므로 처음 한 발을 맞추는 것이 중요하고, 검객의 입장에서는 첫 화살만 제대로 피하면 쉽게 접근할 수 있으므로 처음 한 발을 피하는 것이 중요하다.

그러나 피월려가 처한 상황은 그것과 조금 다르다. 한 명이 아니라 두 명의 궁사가 있는 것도 그러하고, 그들을 보호해 줄 수 있는 다른 검객도 많이 있다.

지금 궁사를 죽이지 않으면 분명히 두고두고 귀찮아질 것이다. 그러나 무턱대고 한 명에게 돌진하면, 다른 한쪽에서는 여유롭게 화살을 쏠 수 있다.

5보 안의 거리에서 숙련된 궁사가 쏜 화살을 피하는 것은 어불성설, 오로지 막아야 한다. 그러나 한 명에게 돌진하며 검을 공격에 써버리면 막을 수 없다.

즉, 피월려는 그냥 가만히 서서 화살의 움직임에 집중하여 검을 크게 휘둘러 막을 수밖에 없다. 그러면 궁사 중 한 명을 잡을 좋은 기회를 놓치게 되지만, 어쩔 수 없다.

길고 긴 싸움이 될 것이 자명하니, 조금이라도 피해를 최소화해야 한다.

피월려는 감각을 최대한으로 끌어 올려 화살의 움직임에 집중했다. 그런데 그런 그의 눈앞이 갑자기 암흑으로 물들었다.

"타— 핫!"

여성스러운 높은 음의 기합과 함께 주하가 땅에서 솟아났다.

머리카락이 휘날려 얼굴을 확인할 수 없을 정도의 빠른 속도로 도는 그녀의 신체는 마치 회오리와 함께 강림한 저승사자와 같았다.

그녀의 마기가 만들어내는 흑운(黑雲)에서 두 개의 빛줄기가 두 궁사에게로 번쩍 뿜어졌다.

쉬이익! 쉬이익!

공기를 가르고 매섭게 쇄도하는 그 번개 속에는 흑운의 회전력을 그대로 받은 두 개의 비도가 먹이를 사냥하는 매처럼 재빠르게 날아가고 있었다.

"커억!"

두 번개 중 하나는 한 궁수의 이마에 그대로 박혔다. 하지만, 다른 궁사는 놀라운 반사 신경을 선보이며 그것을 피해내었다.

그 궁사는 동료가 당했음에도 침착함을 전혀 잃지 않고 보법을 펼쳐 뒷걸음질을 쳤다.

상체는 앞을 향하면서 뒤로 껑충껑충 뛰는 것이, 활을 쏘며 거리를 벌리기에 적합하게 만든 궁사의 보법인 듯싶었다. 그것만 보아도, 그 궁사는 실력이 괜찮은 수준인 것을 짐작할 수 있었다.

피월려가 속으로 욕설을 내뱉는 사이, 청일문의 인물 중 보법이 빠른 자 두어 명이 함께 왕창삼에게 빠르게 다가와 그를 엎고 다시 뒤로 물러났다.

동시에 남은 자들은 동그랗게 피월려와 주하를 에워싸 절대로 빠져나갈 수 없는 벽을 만들었다. 수비적인 태세를 갖춰 피월려와 주하를 한곳에 몰아넣고, 그 궁사에게 모든 공격을 전담하게 하려는 생각이 분명하다.

회전을 멈추고 그의 앞에 선 주하에게 피월려가 작게 웃으며 물었다.

"하하, 살수치고는 너무 화려한 등장이 아니오? 기합도 그렇고."

주하는 경계하는 눈빛으로 주변을 살피는 것을 잊지 않으며 낮게 으르렁거렸다.

"지금 웃음이 나오십니까? 피 대원이 그런 어리석은 짓을 하지 않았다면 이리도 다급하게 나오지 않았겠지요. 왜 그러셨습니까?"

"이거, 칭찬이라도 들을 줄 알았는데. 꽤 훌륭한 기습이 아니었소?"

"제 말뜻은 왜 사서 적을 만드셨느냐는 말입니다."

"저자가 나를 알아봤소. 좋지 않은 인연이 있었기에, 선공하지 않았다면 당했을 것이오."

"그럼 피 대원은 피 대원에게 적의를 가질 만한 자가 청일문의 인물인 것을 몰랐다는 말입니까?"

"아니, 알았소."

"즉, 알고도 여기 왔다는 것이군요. 청일문과 무슨 원한이 있는지 모르지만, 임무를 수행하는 와중에 사적인 원한을 앞세우는 짓은 엄벌로 다스립니다."

"나는 주 소저가 무슨 말을 하는지 도통 이해가 가질 않소. 이 일이 어찌 임무보다 사적인 원한을 앞세운 것이란 말이오?"

"청일문보다 낙양흑검이 먼저임을 모르십니까? 지금까지는 청일문을 이용하여 어부지리를 노리려 한다고 생각했는데, 적대적인 인물이 청일문에 있다는 사실을 알고도 이리로 왔다는 것은, 청일문과 은원을 정리하러 왔다고밖에 볼 수 없습니다."

"재밌군. 그런데 모든 것을 제쳐놓고… 왜 낙양흑검이 청일문보다 먼저라는 것이오?"

"그야 우리의 임무는 청일문이 아니라 낙양흑검을……."

순간 무언가 깨달은 주하는 말끝을 흐렸다. 이곳을 나서기 전에 피월려가 했던 말이 기억난 것이다.

피월려는 웃음을 터뜨렸다.

"하하하! 낙양흑검을 죽이는 것이 임무가 아니라고 나는 분명히 말했소만."

주하는 아미를 살포시 찡그렸다.

"그럼 임무가 무엇입니까?"

피월려는 박소을이 주었던 서찰의 내용을 되새기며 대답했다.

"청일문의 잔존 세력을 모두 추살하라는 것이오."

"그렇다면 낙양흑검은?"

"내 알 바 아니지. 교주께서 알아서 하신다고 하셨으니 말이오."

"그럼 여기 온 것은 낙양흑검과는 아무런 관계가 없다는 말입니까?"

"초절정으로 추측되는 본 교의 원로를 어떻게 나와 주 소저, 이렇게 둘이서 죽일 수 있다는 말이오?"

"그럼 애초에 축보흡지를 미행한 것부터가 청일문을 추적하려고 한 것이었습니까?"

"그렇소. 그가 유일한 단서였는데, 이렇듯 운 좋게 도착한 것이오."

"……."

피월려는 즐겁다는 듯이 미소를 머금으며 검을 뽑아들고, 주하와 등을 맞대고 섰다.

그런데 왜 청일문이 이토록 즐거운 대화를 끝까지 할 수 있도록 시간을 내주었는지 피월려는 이해할 수 없었다. 청일문은 피월려와 주하를 탐색하기만 할 뿐 그 누구도 공격할 생각을 하지 않았다.

그리고 그렇게 오랜 시간이 흘렀다.

도대체 왜 공격을 하지 않는 것인가?

피월려는 고개를 조금 돌려 뒤에 있는 주하에게 나지막하게 말했다.

"지구전으로 끌고 가려는 듯한데 어떻게 생각하시오? 왜 저들이 시간을 끄는지 이유를 알겠소?"

주하가 대답했다.

"한 가지 확실한 건 언제부턴가 궁사의 모습이 보이지 않았다는 것입니다. 그가 다른 동료를 불러오려는 것일 수도 있고, 아니면 운기조식을 통하여 내력을 회복하려는 것일 수도 있습니다."

"내력을 회복한다? 그 궁사는 비도를 피한 것 아니오?"

"뇌지비응(雷枝飛鷹)은 날아가는 비도 주위에 뇌기(雷氣)를 나뭇가지처럼 뿜어냅니다. 그자는 순간적인 반탄지기로 치명상을 모면한 것 같지만, 신공과 같은 고급 내공을 익히지 않았다면, 한동안 내공을 쓸 수 없을 수준의 피해를 입었을 것입니다."

피월려는 그녀의 설명을 듣고, 그녀가 날렸던 그 비도를 머릿속에 그렸다. 단순히 빠르게 날아가는 것뿐만 아니라, 주위에 무작위로 뇌기를 방출한다면 막기도 피하기도 매우 껄끄러운 수법이 아닐 수 없었다.

아니, 껄끄러운 수준을 넘어 필살의 수법 정도는 될 것이다. 그리고 그런 수준의 뇌기를 두 비도에 담아 한 번에 출수하기가 쉬울 리 없다.

그것도 두 개를 한 번에 말이다.

피월려는 조심스럽게 물었다.

"주 소저, 괜찮소?"

주하는 마지못해 대답했다.

"피 대원께서 여성의 무공에 대해서 말씀하셨을 때 얻은 깨달음으로 최근에 완성한 초식입니다. 하지만 완전하게 제 것을 만들지는 못한지라, 조금 내상이 생긴 것 같습니다."

"역시…… 저쪽도 그것을 눈치채고 수비적으로 나오는 것이 아니겠소?"

"전혀 내색하지 않았으니, 아마 모를 것입니다."

"상대를 과소평가하지 마시오. 나도 생각해 낼 수 있는 것은 적도 생각해 낼 수 있소. 어떨 때는 나보다 훨씬 빠르게 말이오."

"……"

"아무래도 먼저 선공해야겠소."

"대놓고 방어 태세를 갖춘 상대에게 선공하면 불리하다는 것을 모르십니까? 게다가 피 대원의 검은 쾌검(快劍). 백도인 여럿이서 수비적인 합격진을 만든 이상 쾌(快)만으로는 뚫기 힘듭니다. 저들이 취한 방어는 중(重)의 묘리만이 효과적일 것입니다."

"그렇겠지."

힘없이 말하는 피월려도 그것을 잘 알았다.

피월려는 감옥에서 탈출할 때 있었던 일을 상기했다. 고작 이류 수준의 무사들한테 오랜 시간을 빼앗겼었다.

그들이 입은 갑옷을 뚫어버릴 만한 강대한 공격 수단이 없었다.

주소군이라면… 천서휘라면… 검기를 흩뿌려 순식간에 도륙했을 것이다.

그때 그들이 이젠 열다섯 명이나 된다.

이 상황을 어떻게 타개할 것인가?

털썩.

주하는 귓가에 들린 소리를 의심했다. 그녀는 설마하는 표정으로 뒤를 돌아보았고 그녀의 의심대로, 피월려의 철검은 땅에 떨어져 있었다.

주하가 뭐라고 말하기도 전에, 피월려가 먼저 말을 꺼냈다.

"내 검공이 미숙하여 검에 내력을 담지 못하는 것은 사실이오."

그의 목소리에는 전신을 떨리게 하는 마기가 담겨 있었다. 주하는 그 가공할 기운에 놀란 토끼처럼 눈을 동그랗게 떴다.

피월려는 두 주먹을 불끈 쥐고 가슴팍에서 강하게 충돌시켰다.

퍽!

"그러나!"

퍽!

"이 두 주먹에!"

퍽!

"담지 못할 이유는!"

퍽!

"없소!"

퍽!

피월려는 한쪽으로 한 마리 늑대처럼 돌진하며 두 주먹을 등 뒤로 뻗었다.

전신에서 뿜어지는 마기로 인해 펄럭이는 옷깃이 그의 모습을 더욱 두렵게 만들었다.

한 청일문의 고수와의 거리가 대략 일 장 정도 남았을까?

피월려는 달려오던 모든 속력을 다리에 집중하여 높게 도약했다. 그 와중에 모든 마기를 두 주먹에 집중하며 깍지를 끼고 머리 위로 들어 올렸다.

태양빛 속에 그의 몸이 숨어들었고, 그를 주시하던 청일문도는 너무나 환한 햇빛에 눈을 돌릴 수밖에 없었다.

그리고 그것은 그의 죽음이 되었다.

콰직!

피월려의 두 손은 망치처럼 떨어져 그 사내의 머리통을 모조리 아작 냈다.

주하는 입을 딱하고 벌렸다.

"미… 미친놈."

그녀는 피월려의 상상할 수도 없을 정도로 무식한 방법에 자기가 무슨 말을 내뱉었는지도 몰랐다.

그녀는 빠르게 보법을 펼쳐 피월려의 뒤를 따랐다. 피월려가 완전히 방어를 배제하고 공격에만 집중하기로 한 이상, 그녀는 그의 방어까지도 신경을 써서 보조해 줘야 하기 때문이다.

그러나 피월려는 별로 그녀의 도움이 필요 없는 듯했다.

피월려는 손끝으로 머리가 잔뜩 뭉그러진 그 사내의 목을 파고, 허리를 숙이면서 그대로 오른쪽에 집어던졌다. 포물선을 그리며 날아가는 그 사내의 몸은 대략 일 장이나 되는 높이로 떠올랐다가 떨어졌는데 그것은 곰이나 호랑이가 사람을 후려쳐도 불가능할 정도의 높이였다.

공포가 얼굴에 잔뜩 물들며, 동료의 시체가 하늘에서 떨어지는 믿을 수 없는 사실에 직면한 한 사내는 도저히 합격진의 형태를 유지할 수 없었다. 자그마치 백 근이 넘어가는 고깃덩어리가 추락하는데, 그것을 검으로 쳐내며 자리를 고수할 수 있을 리가 만무했기 때문이다. 그 사내는 하는 수 없이 뒤로 한 발짝 물러나며, 우선 피월려의 위치를 파악하기 위해 눈길을 돌렸다.

그러나 피월려가 있어야 할 곳에는 막 자기를 도와주러 보법을 펼치며 온 자기의 동문만이 있었다.

그 사내는 동문의 잔뜩 일그러진 표정과 핏발 선 눈이 이상하다 생각하여, 그의 시선을 따라 하늘 위로 다시 고개를 돌렸다.

그곳에는 아직도 심장 박동에 맞춰 찍찍 피를 내뿜는 시체의 목 언저리에서 악마의 미소를 지은 괴물 하나가 빠끔히 머리를 내밀고 그를 보고 있었다.

심장이 덜컥 내려앉는 기분을 느낀 사내는 부들부들 떨리는 손을 진정시키기 위해서 양손으로 검을 쥐었다. 그리고 가까스로 피월려에게 시선을 고정했다. 단순히 바라보는 것만으로 심력이 낭비될 정도로 피월려는 괴기스러운 기운을 휘감고 있었다.

그 사내는 과거 처음 검을 익혔던 어릴 때를 생각했다. 눈을 질끈 감고, 마구잡이로 검을 휘저으며 스승님에게 공격했을 때, 스승님은 너무나도 수월하게 그 검을 막아버렸다. 그리고서 내린 가장 첫 번째 가르침은 바로 상대방을 눈으로 확인하라는 것이다. 그것은 당연한 것이기에 가장 중요한 것이라고 가르쳐 주셨다.

그러나 그 사내는 점점 감겨오는 자기의 눈꺼풀을 막을 수 없었다. 밤을 꼴딱 새고 쏟아지는 졸음을 참으려고 하는 것처럼, 점점 감겨오는 시야는 불가항력이었다. 무의식적으로 정신이 감당하지 못한다고 판단한 본능은 이성의 명령을 무시하고 문을 닫으려 했다.

시야가 사라진다.

공포가 사라진다.

잠깐의 안도감.

달콤한 휴식.

그러나 그 대가는 너무나도 컸다. 그 사내가 다시 눈을 떴을 때는, 목 없이 땅에 쓰러지고 있는 어떤 몸을 보게 되었다.

익숙한 옷, 익숙한 몸.

그 몸은 자기의 것이었다. 그의 몸은 스승님이 직접 하사한 귀중한 검을 아직도 놓치지 않고 있었다. 하지만 마음대로 그것을 뺏어버린 피월려는 창고에 썩혀둔 녹슨 검마냥 거칠게 뽑아들어 마구잡이로 동문을 공격했다. 그는 소중한 검과 동문들이 괴물에게 유린당하는 것을 보는 걸 마지막으로 숨을 거두었다.

퍽! 퍽! 퍽! 퍽!

검날이 빠지고 검신이 휘었지만, 피월려는 아랑곳하지 않고 계속해서 상대방의 머리를 두들겨 팼다. 상대는 양손으로 검을 들고 상단을 막았지만, 그 강대한 힘을 도저히 이길 수 없었다.

한 번 공격을 당할 때마다 그의 팔뼈가 부러졌고, 그의 검이 휘어졌다.

그렇게 피월려의 검과 상대의 검 모두 다시는 꼿꼿해질 수 없을 수준으로 구부러졌을 때쯤에, 피월려의 양옆에서 두 사내가 동시다발적으로 검을 찔러 넣었다.

피월려는 훌쩍 뒤로 뛰어 피해냈고, 찌그러진 검 아래에서 피를 철철 흘리던 사내는 잠시 여유를 찾았다. 검을 잡았던 양 손아귀에는 희끗희끗한 뼈가 보였다.

엄청난 고통이 엄습했으나, 사내는 눈 하나 깜짝하지 않았다. 육신의 고통이 아무리 크다 해도 동료를 잃은 고통보다는 크지 않기 때문이다.

그 사내는 분노로 불타는 눈동자로 피월려를 노려보며 보법을 펼쳐 앞으로 한 발짝 걸어 나왔다.

쉬이익!

그때, 주하의 비도가 그의 뒷머리 몇 가닥을 자르고 지나 갔다. 막 공중에서 떨어져 피월려 옆에 선 주하의 아미가 꿈틀거렸다. 그 사내는 주하의 비도를 보지도 않고 피해 버린 것이다.

피월려는 양손에 가득한 선혈을 털어내며 말했다.

"아까운 한 수였소."

주하는 입술을 살짝 깨물었다.

"내상 때문에 본 실력이 나오지 않는 것뿐입니다."

"그래도 소저의 비도를 보지도 않고 피한 걸 보면, 저자의 수준은 꽤 높은 것이 분명하오."

피월려의 말은 정확했다. 그 사내는 고철 덩어리가 된 검을 버리고 옆에 사내가 내주는 검을 다시 집으며 큰 목소리로 명령했다.

"망진(網陣)을 포기하고 쇄진(碎陣)을 펼친다. 오인삼진(五人三陣)이다."

피월려는 그자가 왕창삼 다음으로 머리인 것을 확신할 수 있었다. 청일문의 고수들은 그 사내의 명령이 떨어지자마자 다섯이 모여 세 개의 무리를 만들었기 때문이다.

넓게 펴져 있던 자들이 서로서로 모이자 시야가 탁 트여, 저쪽 한구석에서 가부좌로 운기조식을 하는 궁사도 보였다. 그리고 그 뒤로 기절한 왕창삼의 목을 부여잡고 지혈하는 자도 보였다.

피월려는 일단 바뀐 합격진을 파악하기 위해서 용안심공으로 자세히 그들의 움직임을 살폈다. 그러나 합격진에 관한 지식 자체가 부족한지라 그리 많은 것을 알아낼 수는 없었다. 그나마 알 수 있는 것은, 어깨가 닿을 정도로 가깝게 뭉친 세 명이 앞에 서고 그 사이사이 반 보 정도 뒤에 선, 두 명이 보조를 하는 형태라는 점뿐이다.

피에 젖은 머리카락을 쓸어내린 수장은 검을 가슴 높게 들고 심호흡을 하며 큰 목소리로 외쳤다.

"합(合)!"

그의 목소리가 울리자, 합격진을 이룬 청일문의 고수들은 일사불란하게 움직였다. 그들은 피월려와 주하를 중심에 두고 삼각 형태로 에워쌌다. 그리고 수장과 똑같은 자세를 취하며 서서히 좌전하기 시작했다.

합격진에서 벗어나기 위해 가장 먼저 해야 하는 것은 바로 대칭을 깨부수는 것이다.

피월려는 더는 고민하지 않고, 다시 한번 과격하게 가장 기세가 약해 보이는 무리로 달려들었다. 양손에 가득 마기를 싣고 투박하게 달려 나가는 피월려의 그림자 뒤로, 우아하고 정교한 보법을 펼치는 주하가 바짝 따라붙었다.

피월려가 다가오자 그 무리에서 세 개의 검이 솟아났다. 피월려는 갑자기 푹 꺼지듯 땅에 바짝 붙으며, 손으로 땅을 짚음과 동시에 왼다리를 뻗어 상대의 다리를 공격했다.

그런데 다리 사이에서 갑자기 두 개의 검이 나타나 시퍼런 날을 세웠다. 피월려는 가까스로 허리를 꺾어 뻗어나가던 발을 땅에 닿게 하여 반발력을 만들었다. 만약 그렇게 하지 않았다면, 그의 발목은 그대로 잘려 나갔을 것이다.

"큭!"

극심한 통증이 허리에서 올라왔지만, 피월려는 애써 그것을 무시하며 발과 땅의 마찰력을 이용해 상체를 단번에 들어 올렸다. 그와 동시에 몸을 비틀어 두 검의 사이로 아슬아슬하게 지나갔다. 날카로운 두 검날이 그의 허리춤을 조여 오는 것이 간담을 서늘하게 만들었지만, 그의 왼손이 앞으로 올라오는 것을 막지는 못했다.

하체의 회전력, 허리의 회전력, 상체의 회전력이 모두 그의 왼손에 쏠렸다. 그와 더불어 강력한 마기가 왼손 주위에 일렁거렸다.

퍼어억!

중앙 사내의 명치에 꽂힌 그의 주먹은 가슴을 뚫고 그의 살을 파고들어 갈비뼈를 부쉈다. 그것도 모자라, 그 사내의 몸을 잠깐이나마 땅에서 들어 올려 붕 뜨게 만들었다.

"커어억!"

피월려는 왼손을 뽑아서 쏟아내는 위액과 반쯤 소화된 돼지고기를 받아 뒤쪽으로 집어던져, 오른쪽 뒤에 있던 사내의 얼굴에 정확히 맞췄다. 그 사내는 얼굴이 불에 그슬린 것처럼 화끈거려 정신을 차리지 못하고 검을 놓쳤다.

그때, 피월려는 허리에서 큰 압박을 느꼈다. 사이로 들어온 두 검이 점차 덜덜 떨리기 시작하며 내력이 주입되고 있었기 때문이다. 이대로라면 피월려의 허리가 동강 나는 것은 시간 문제다.

하지만, 이것을 놓칠 주하가 아니다. 이미 그녀의 네 비도가 두 검을 잡고 있던 두 팔에 골고루 두 개씩 날아가 각각 소해 혈과 지정혈을 파고들었다. 손가락에 들어가는 모든 힘을 담당하는 곳으로, 그 두 곳이 자극을 받으면 인간의 몸을 입은 이상 아무것도 손으로 집고 있을 수 없게 된다.

그 두 사내는 찌릿한 고통을 느끼며 검을 놓치게 되었다. 그것을 깨닫게 된 그들의 얼굴이 핼쑥하게 변했는데, 그토록 놀란 이유는 단순히 검을 놓쳤기 때문이 아니라, 내력을 주입하는 상태에서 놓쳤기 때문이다.

갈 곳을 잃어버린 내력은 굶주린 맹수처럼 변한다. 아무리 오랫동안 길들인 것이라 해도, 주인을 물어버린다.

그 사내들은 새빨간 피를 입으로 뿜어내며 뒤로 꼬꾸라졌다. 내상을 크게 입어 자세를 유지할 수 없게 된 것이다.

피월려는 웃었다.

압도적인 우위로 적을 도륙할 때 오는 우월감이 마기와 합쳐지면서 희열로 재탄생했다. 그리고 그것은 피월려의 표정에 여과 없이 드러났다.

"크흐흐……."

믿었던 네 명의 동료가 순식간에 당하고 홀로 남아버린 사내는 그런 피월려의 표정을 보자 전의를 잃어버렸다. 피월려는 마기를 잔뜩 품은 오른손을 펼쳐 그 사내의 볼을 철썩 때렸다.

살갗은 찢어졌고 눈알은 빠졌으며, 목뼈는 완전히 뒤로 돌아가 꺾여 버렸다.

피월려가 다섯을 무력화시키는 동안, 주하는 그림자처럼 은밀히 그를 따라다니며 그들 모두의 목숨을 끊음으로써 마무리를 지었다. 그녀의 소매는 마치 마르지 않는 우물처럼 끊임없이 비도를 출수했고, 간신히 목숨을 건진 자들의 마지막 희망을 무참히 짓밟았다.

창졸간에 다섯이 죽었다.

아무리 청일문의 숫자가 많다하지만 이 정도면 충분히 동요될 법하다. 하지만, 그들은 피월려를 냉혹한 시선으로 바라볼 뿐, 동문의 죽음에 슬퍼하지 않았다.

낙양흑검이라는 그 괴물을 사냥하고자 반쯤 미친 상태로 낙양을 떠난 그들이다.

동문의 죽음조차 사냥을 위한 미끼로 치부해 버릴 만큼 독한 마음을 먹은 그들이다.

그들의 광기는 가히 피월려의 마기에 견줄 만했다.

그 두 무리는 피월려와 주하가 한 무리를 괴멸하는 동안, 그의 앞과 뒤를 천천히 압박했다. 위험을 느낀 피월려의 전신에서 압도적인 마기가 용솟음치듯 폭사되었지만, 청일문의 고수들은 얼굴에 주름 하나 바뀌지 않고, 그대로 그에게 검을 찔렀다.

정면에서 셋.

후방에서 셋.

좌에서 둘.

우에서 둘.

마치 다섯 개의 검날이 달린 두 날개가 피월려를 감싸 안는 듯한 모습이었다.

피월려의 눈동자가 맹렬히 돌아가며, 용안심공은 살길을 찾았다. 내력을 잔뜩 품은 검이 그의 요혈을 파고 들어와 숨통을 노리기 일보 직전, 그는 마기를 발바닥에 모아 바닥을 쿵하고 내리찍으며 뒤에 있던 주하의 허리를 감싸 위로 던졌다.

휘리릭!

주하의 몸은 주변 공기가 뜨겁게 데워질 만큼 빠르게 회전하며 위로 부유했다. 워낙 갑자기 일어난 일이라, 청일문의 인물들은 직접 눈으로 보고도 그 광경을 믿을 수 없었고, 대처하는 것은 꿈도 꾸지 못했다. 사실 주하조차 피월려의 돌발적인 행동을 먼저 안 것이 아니기 때문에, 갑자기 세상 만물이 회전한다고 느꼈지 자기가 회전하고 있다고 느끼지 못했다.

그 둘은 서로 공격할 틈을 찾지 못했다. 청일문의 고수들은 하늘로 검경(劍境)을 벗어난 주하에게서 신경을 끄고, 땅으로 검경을 벗어난 피월려를 찾았다. 하늘의 높이는 무궁무진하지만 땅의 깊이는 한계가 있고, 하늘로 올라간 것은 떨어질 때 처리하면 그만이기 때문이다.

그들이 아래를 보았을 때, 피월려는 땅에 바짝 엎드려 있었다. 제아무리 마인이라지만 땅속으로 파고 들어갈 수는 없다. 이대로 사방도 팔방도 아닌 십방에서 검을 찔러 넣는다면 방패는커녕 검도 없는 피월려는 막을 수단이 없다.

청일문의 고수들은 그들의 승리를 장담했다. 피월려가 신이 아닌 이상, 요혈에 열 구멍이 송송 뚫리고 살아날 가능성은 전무하다.

그때였다.

콰콰쾅!

코끼리가 달려와 부딪친 것같이, 청일문의 고수들은 하나같이 한쪽으로 모두 나가떨어졌다. 그들이 자랑하던 합격진은 벼락같은 굉음과 함께 단숨에 파괴되었다.

그뿐만이 아니었다. 청일문의 고수 중 상당수가 엄청난 내상을 입고 새빨간 선혈을 입으로 내뿜었다. 그리고 그들 중 두 명은 상체와 하체가 완전히 분리되었으며, 한 명은 인간의 형태를 알아볼 수 없을 만큼 잔인하게 찢겨 있었다.

땅에 엎드려 있던 피월려는 숨도 제대로 못 내쉬고 가만히 있었다. 무언가 엄청난 기운을 동반한 것이 그의 위로 지나가 청일문의 고수들을 쓸어버렸지만, 그는 엎드린 자세로 있었기에 그것을 눈으로 확인할 수 없었다. 그러나 전신을 찌릿찌릿하게 만드는 이 막대한 살기는 지금 조용히 있지 않으면 생명을 장담할 수 없다는 것을 잘 가르쳐 주고 있었다.

"크아악!"

"으아아아악!"

공포 섞인 비명이 공터에 하나둘씩 울려 퍼지면서, 피월려는 눈을 질끈 감고 아까 전의 그 상황을 머릿속에 그렸다.

열 개의 검이 내뿜는 예기 사이에서 갑자기 확 뿌려진 가공할 양의 마기와 살기. 축축하다 못해 진득진득하다고 표현해야 할 정도로 진한 그 기운의 근원은 번개처럼 빠르게 다가왔다. 그것을 감지한 용안심공은 청일문의 십 검 따위는 안중에도 없이 무조건 그것만 피하라는 명령을 내렸다. 그것은 마치 어린아이 열 명이 앞에서 검으로 아웅다웅하며 공격하는 와중에 절정고수의 검기가 갑자기 뒤에서 날아오는 것을 감지한 것과 같았다.

피월려는 심호흡을 깊게 한 뒤에 몸을 살짝 튕기면서 몸을 싹 돌렸다. 그리고 막 하늘 위에서 떨어지는 주하의 몸을 두 다리와 팔을 뻗어 확 끌어안아, 옆으로 돌면서 그녀의 입을 투박한 손길로 틀어막았다.

주하는 눈을 동그랗게 뜨고 피월려를 보고 있었다.

"커어억!"

"사, 살려…… 으악!"

그녀의 놀란 눈이 한 번 깜박일 때마다 소름이 돋는 참담한 소리는 하나씩 늘어났다. 피월려와 주하는 숨을 멈추고 학살이 멈추기를 조용히 기다렸다. 숨이 가빠올 즈음, 피월려는 눈을 들어 주변을 살폈다.

언제까지고 계속될 것 같았던 비명은 언제 그랬냐는 듯이 자취를 감추었고, 공터를 가득 메운 살기와 마기 또한 빛 앞에 어둠이 물러가듯 흔적도 없이 사라졌다.

피월려는 최대한 조심스러운 손길로 주하의 몸을 살짝 놔주면서 그녀의 얼굴을 돌려 살폈다.

그곳에는 지금껏 단 한 번도 본 적이 없는 공포 어린 주하의 표정이 있었다. 웃음도 분노도 잘 표현하지 않는 그녀의 얼굴에 두려움이 가득하니 피월려는 쓴웃음을 짓지 않을 수 없었다.

그는 엎어져 있어 상황을 보지 못했지만, 주하는 하늘에서 돌면서 그것을 육안으로 확인했을 것이다. 그 가공할 기운의 소유자를 직접 말이다.

"주 소저. 여기 조용히 있으시오. 잘하면 살 수도 있을 것이오."

피월려는 몸을 서서히 일으켰다. 그러자 주하는 후들후들 떠는 손길로 그의 팔을 붙잡았다.

"피, 피 대원… 그, 그는 처… 천마급 마인……. 이, 이길 수 어… 없습니다……."

피월려는 살포시 미소를 지었다.

"일단 싸우지 않고는 모르는 법이오."

"피… 피 대원……. 가, 가도무는… 제, 제발……."

피월려는 그녀의 떨리는 손길을 부드럽게 뿌리치고 일어났다.

그리고 전신의 마기를 한껏 끌어모으며, 시선을 들어 공기 중에 퍼진 이질감의 폭풍의 눈을 보았다.

그곳에는 한 귀신이 청일문 고수의 시체를 뜯어먹고 있었다.

우걱우걱. 와득와득.

우걱우걱. 와득와득.

쩝쩝.

쩝쩝.

이빨에 씹힌 내장이 터져 회색의 물이 쏟아져 나왔다.

후르릅. 후릅.

할짝할짝. 쓰읍쓰읍.

쩝쩝.

쩝쩝.

피와 수액이 섞인 묘한 색의 물이 푸른색의 혓바닥에 아무렇게나 유린당했다.

피월려는 누군가 세상에서 가장 공포를 느끼는 때가 언제냐고 묻는다면 그것은 바로 자신의 생명이, 생명이 아닌 먹이로 비칠 때라 말할 것이다.

사람은 사람이 먹히는 광경을 볼 때, 머리카락이 하얘질 정도의 공포를 느낀다.

백호의 먹이가 돼버린 아버지를 직접 보았던 기억이 없었다면, 피월려도 이 광경을 보고 절대로 견딜 수 없었을 것이다.

그러나 인간이 인간을 먹는 것은 본 적은 없었다. 그도 본능적으로 파르르 떨리는 다리는 어찌할 수 없었다.

"후, 하……. 후, 하……. 후, 하……."

태양의 기운은 하늘 끝까지 솟아 있고, 극양혈마공은 어느 때보다 강력하다. 피월려는 그의 정신을 물들이는 두려움을 극양혈마공의 마기로 몰아내며 한쪽으로는 용안심공을 극한으로 끌어 올렸다.

누군가 말했다. 낙양흑검은 가까운 곳에 있다고.

그렇다면 낙양흑검이 하필 지금 이곳에 온 이유는 뭔가?

피월려는 피식 웃었다.

너무 뻔하지 않은가?

피월려의 마기(魔氣)다.

낙양흑검은 동질성(同質性)에 이끌린 것이다.

"끼이힉! 끼이힉!"

귀신은 귀곡성을 내며 요상한 각도로 피월려를 응시했다. 극양혈마공의 마기가 그 귀신을 자극한 것이다.

주변이 이글거릴 정도로 뜨거운 마기.

갑옷처럼 전신에 겉도는 살기.

허리에 찬 칠흑같이 어두운 색의 검.

낙양흑검은 한 발자국, 한 발자국 앞으로 걸으며 고개를 갸웃갸웃했다. 그리고 초점이 흐린 눈동자가 피월려의 모습을 담았을 때, 낙양흑검은 그림자가 미처 따라가지 못할 정도로 일직선을 그리며 피월려의 코앞에 나타났다.

낙양흑검의 오른손은 이미 위에서 떨어지고 있었다.

피월려는 왼팔을 들었다.

으드득!

흡사 뭉둥이로 맞은 것처럼 피월려의 팔은 괴기한 방향으로 완전히 꺾여 버렸다.

그때, 갑자기 목이 늘어난 낙양흑검은 개처럼 혓바닥을 쑥하고 내밀며 얼굴을 들이밀어서 너덜거리는 피월려의 왼손을 콰득하고 물었다. 피월려가 마기를 집중하여 그의 왼손을 보호하지 않았다면 그의 왼손은 뼈째로 베어 물렸을 것이다.

피월려는 도저히 감당할 수 없는 그 힘에 뒤로 물러나려고 마음을 먹고 다리에 힘을 주었다. 그러나 그마저도 불가능해졌다.

휘리릭!

낙양흑검의 두 다리는 마치 채찍처럼 유연하게 피월려의 골반을 감싸 안아, 강대할 압력으로 조여들었다. 왼손에 마기를 집중한 피월려는 차마 골반에 동반할 만한 충분한 마기가 없었고, 내력이 받쳐주지 못한 골반은 귀신의 힘을 견디지 못했다.

우지끈!

양 골반이 완전히 박살 나며, 그의 다리가 행하려는 모든 동작을 완벽하게 차단했다. 그와 동시에, 낙양흑검은 피월려의 왼손을 입에서 뱉어내고 다시 이빨을 내세우며 피월려의 목을 콰득 물었다.

동맥 안을 힘차게 질주하던 붉은 피가 낙양흑검의 입가에서 튀고 뇌를 뒤흔드는 고통에 피월려의 눈동자가 뒤로 넘어갈 때쯤, 피월려가 가장 처음에 뻗었던 오른손이 낙양흑검의 허리에 찬 흑검(黑劍)에 닿았다.

무인의 본능은 그의 오른손을 움직여, 그 흑검을 잡게 하였다.

그렇게 흑검은 낙양흑검에게서 떠났다.

"키히히히횻!"

귀신이 갑자기 피월려의 목에서 입을 떼고는 하늘로 고개를 높이 들고 귀곡성을 내뱉었다. 그가 내뿜던 모든 마기와 살기도 그 귀곡성과 함께 하늘 위로 모두 사라졌다.

털썩.

피월려와 낙양흑검은 사이좋은 형제처럼 포개져 한가로운 공터 위에 누웠다. 그리고 피월려의 오른손에는 흑검이 꼭 쥐어져 있었다.

피월려는 몽롱한 정신 속에서 좌추와의 일을 회상했다.

       *   *   *

아쉽게도 좌추의 자살 시도는 시도로 끝이 났다.

우악스러운 피월려의 주먹이 그의 입속으로 파고들어 윗니와 아랫니가 닿는 것을 막았고, 중지와 약지 사이로 그의 혓바닥을 붙잡았기 때문이다. 좌추는 주먹째 씹으려 했지만, 질긴 고기를 씹는 것도 제대로 수행하지 못하는 늙은 이빨로는 살갗을 조금 파고든 것 외에 불가능했다.

찌이익.

피월려는 다른 손으로 천을 찢어 돌돌 말았다. 그리고 좌추의 입에서 주먹을 빼냄과 동시에, 그 천을 좌추의 입속에 억

지로 쑤셔 넣었다.

"컥! 컥!"

입에 이물질이 들어온 좌추가 거친 기침을 하는 사이, 피월려는 그를 들어 올렸다가 땅에 패대기치면서 검을 목에 들이밀었다.

"자살할 생각이시오?"

"……"

"내 그 부탁을 들어줄 수는 없으니 미안하게 되었소."

아무런 말도 하지 못하는 좌추는 그저 살기 어린 눈빛으로 피월려를 노려보는 것 외에 할 수 있는 것이 없었다. 그러나 그마저도 피월려에게는 아무런 영향이 없는 듯했다.

피월려는 두 손가락을 펴서 칼날을 느리게 쓸었다. 살과 쇠가 만나며 신경을 자극하는 소리가 동굴 안에 울리기 시작했다.

삼통고의 시작을 알리는 이 소리는 좌추의 뇌리에 깊게 박혀 있었다. 지난날의 끔찍한 기억이 떠오르자, 좌추는 콧소리가 날 정도로 숨을 몰아쉬면서 두려운 표정을 지었다.

피월려가 칼날을 위아래로 훑어보며 말했다.

"노인장께서 그 순간 자살하려고 했다는 점에서 두 가지를 알 수 있소. 첫째, 노인장은 가도무를 알고 있고, 목숨을 잃더라도 그 사실을 말하지 않으려 하오. 둘째, 노인은 삼통고를 견디지 못하오. 만약 견딜 줄 안다면, 자살하는 것보다 못내 미쳐 대답하는 척하며 거짓 정보를 흘리는 것이 더욱 좋은 방 책일 테니 말이오."

피월려의 말이 끝나자, 좌추의 숨이 점차 잦아들었다. 그리 고 숨이 안정을 되찾았을 때에, 좌추는 모든 것을 체념한 듯 눈을 감았다.

피월려가 말을 이었다.

"내 말에 동의한 것으로 알겠소. 그런데 한 가지 궁금한 것 이 있소. 노인장과 같은 자가 어찌 가도무에게 그리 충성하는 것이오? 목숨을 내걸고라도 주인에 관한 정보를 말하지 않을 정도의 충성은 사실 늙은 도둑에게 기대하기 어려운 덕목이 란 것은 굳이 설명하지 않아도 아시리라 믿소."

"……."

"과거의 은원이오?"

"……."

표정에 변화가 없다.

"그것도 아니면 존경이오?"

"……."

표정에 변화가 없다.

"두려움이오?"

"……."

입꼬리가 미세하게 떨린다.

피월려는 그것을 놓치지 않고 계속해서 물었다.

"두려움이라……. 천살성이니 확실히 두렵기는 두려울 수밖에 없겠소. 그런데 그런 단순한 두려움 때문에 늙은 도둑이 이 정도의 충성을 보이는 것은 뭔가 앞뒤가 맞지 않소. 뭔가 더 있을 것 같은데?"

"……."

"말해주시겠소?"

조금의 침묵이 흘렀다.

감긴 좌추의 눈 안에서 눈동자가 이리저리 바삐 굴러가고 있는 것이 눈꺼풀 위로 보였다. 노인의 지혜를 모두 짜내며 깊은 생각을 하는 것이 분명했다.

과연 어떤 대답을 내놓을까? 피월려는 반쯤 기대하며 경계를 늦추지 않았다.

일각이 흘렀다.

좌추는 서서히 눈을 떴다. 허무함과 공허함이 감도는 그의 눈빛을 보고, 피월려는 그의 입을 막고 있는 천을 빼주었다.

좌추는 입을 쩝쩝거리더니 옆에 침을 탁하고 뱉었다.

"퉤. 그 지랄 맞은 삼통고는 어디서 배운 것이냐?"

"혹 삼통고를 당해 보신 적이 있소?"

"그렇다. 그러니, 차라리 죽음을 선택한 것이지."

"역시, 그랬군. 자, 그럼 말해주시겠소?"

좌추는 침을 모아 한 번 꿀꺽 삼키더니 이야기를 시작했다.

"그자가 처음 성내에 모습을 드러낸 것은 오 일 전이다. 그는 낙양에 존재하는 이름난 도둑들을 모두 찾아가, 한 가지 의뢰를 했지."

"잠시… 가도무는 천마급 고수이기 때문에, 가시거리 안에 마기가 겉돌게 되어 있소. 그런 그가 성내로 들어왔다면, 삼류 무사라도 그가 마인인 것을 알 수 있었을 것이오."

"그를 처음 봤을 때는, 전혀 그런 것을 느낄 수 없었다. 그냥 돈이 좀 있는 평범한 무림인이라 생각했었지."

"그렇소? 흠… 하여간, 계속하시오."

"그자의 의뢰는 간단했다. 묘장에서 뭔가를 훔쳐달라고 했지. 아호와 그 패거리는 그 의뢰를 승낙했고 묘장에 잠입하여, 만드라고라를 훔쳐내었다. 그러나 그들이 가도무 앞에 그것을 가져갔을 때, 그들은 차디찬 시신이 되었다."

"가도무가 그들을 죽인 것이오?"

"그렇다."

"설마 그 때문에 그를 두려워하는 것이오?"

"내가 그를 두려워하는 것은 그가 그다음에 행한 일 때문이다."

"그것이 무엇이었소?"

좌추는 지금 이 자리에서 언급하는 것조차 꺼리는 내색이 역력했다. 그는 잠시 뜸을 들인 후에, 말하기 시작했다.

"가도무는 만드라고라가 인간이 복용할 수 있는 성질의 것이 아닌 것을 알아내고는, 낙양에서 가장 유명한 대장장이를 찾아갔다. 그리고 그에게 가서 만드라고라를 이용하여 음한지검(陰寒之劍)을 만들라고 했지. 만드라고라와 같은 가공할 음기를 지닌 검을 사용한다면, 자기 몸속의 가공할 양기를 상쇄하여 음양의 조화를 이룰 수 있다고 생각했다."

피월려는 놀란 표정으로 물었다.

"그것이 가능하오?"

"이론적으로는 가능하다. 하여간, 대장장이는 음한지검을 만드는 것에 동의하지 않았다. 가도무에게서 풍기는 천살성의 살기를 느끼고, 그의 손에 보검이 들리게 되면 수많은 사람이 죽게 될 것이라는 것을 본능적으로 감지한 것이지."

"그래서 가도무는 어떻게 했소?"

"가도무는 그를 설득하지도 협박하지도 않았다. 그저, 안쪽 방에 무작정 들어가 인형을 들고 놀고 있던 여섯 살배기 딸을 대장장이가 보는 눈앞에서 산 채로 채음보양해 버렸다."

"……"

피월려는 아무런 말도 할 수 없었다.

채음보양(採陰補陽)이란 음을 취해 양을 보한다는 의미로,

무공에서는 음양합일을 통해서 남자가 여인의 음기를 모두 뺏어버리는 사악한 마공을 뜻하는 것이다. 피월려와 진설린이 하는 음양합일의 종류와는 그 질이 전혀 다른 것으로, 서로를 상호 보완하는 것이 아니라, 한쪽이 먹이가 되어 선천지기까지 모조리 빨려 버리는 것이 일반적이었다.

피월려는 자기의 어린 딸이 눈앞에서 그런 참담한 짓을 당한 대장장이의 마음을 도저히 상상조차 할 수 없었다.

좌추는 말을 이었다.

"아쉽게도 대장장이에게는 갓 태어난 사내아이가 있었다. 그의 아내가 생명과 바꿔 세상에 내놓은 아이니, 그조차 잃어버릴 수 없었겠지. 가도무는 아무것도 모르는 사내아이의 머리를 몇 번 쓰다듬더니, 대장장이에게 말했다. 이른 시일 내에 찾아올 테니 수고하라고. 그리고 가도무는 만드라고라를 두고 사라졌다."

"아……."

피월려는 작게 탄식했다. 머릿속 기억의 파편에서 그 대장장이의 모습이 떠올랐기 때문이다.

하오문 지부를 급습했던 삼 일 전, 그는 한 대장장이를 찾아갔었다. 그 대장장이는 자기가 만든 모든 무기를 밖에 버리고 술에 쩌들어 있었다.

피월려는 무슨 일인지 제대로 묻지도 않고, 무심하게 툭 내뱉었다.

무림에 온 것을 환영한다고.

가슴이 찢어지는 느낌이 든 피월려는 나직하게 물었다.

"그래서 대장장이는 어떻게 됐소?"

"뭘를 했겠나? 검을 만들었지."

피월려는 이해할 수 없다는 듯 표정을 찌푸렸다.

"정말로 검을 만들었단 말이오? 그런 심한 짓을 당하고 나서도?"

"그렇다. 하지만, 가도무가 원하던 음한지검이 아니었다. 광기에 취해 버린 그가 하룻밤 사이에 미친 듯이 완성한 그 검은 오히려 엄청난 양기와 마기를 품은 양강지검(陽剛之劍)… 아니, 양강마검(陽剛魔劍)이었다."

"어떻게, 그런 일이 가능하오?"

"그는… 만드라고라와 함께 노인이 된 채 죽어버린 자기의 어린 딸의 시신을 이용했다."

"그, 그런!"

"원한(怨恨)과 망념(亡念)이 가득한 시신, 그리고 만드라고라라는 희대의 영물. 이 두 가지는 현세에 찾아보기 힘든 극음의 기운이지. 그러나 하나는 사기의 집약체(集約體)며, 다른 하나는 사기를 생기로 만들어 영생하는 것. 이 둘은 서로 상충할 수밖에 없고, 그 둘을 한곳에 집어넣으면 수라계가 펼쳐진다. 그렇게 두 극음(極陰)은 충돌로 인해 역화(逆化)하고, 음기의 상성은 곧⋯⋯."

"양기⋯⋯."

"그렇다."

"그래서 그 검은 양강마검이 된 것이다, 그런 뜻이오? 그런데 어찌 마검(魔劍)이라는 것이오?"

"마찰로 생겨난 양기가 정상적일 리가 있는가? 게다가 그 대장장이의 원한과 광기까지 집약되었으니, 마검 중 마검이 탄생했지. 그리고 대장장이의 모든 것이 담긴 그 마검은, 그 복수심까지도 받아들였다. 대장장이는 자기가 만든 그 마검을 들었고, 마검은 그의 소원대로 그를 마인으로 만들었다. 가도무를 죽일 수 있는 힘을 대가로 말이지."

피월려는 한순간 머릿속을 스치는 것이 있어 즉시 물었다.

"혹시, 낙양흑검이?"

"그렇다. 마검에 의해서 마인이 된 그 대장장이가 바로 낙양흑검이다. 그 괴물은 마기가 조금이라도 풍기는 자라면 사정가리지 않고 달려드는 살마자(殺魔者)가 되었다. 아마 가도무를 죽이기 전까지 멈추지 않겠지."

"⋯⋯."

모든 이야기를 마친 좌추는 고개를 들어 위를 보았다. 그러고는 땅이 꺼져라 한숨을 쉬며 중얼거렸다.

"내게 왜 가도무를 두려워하느냐고 물었느냐?"

"그렇소."

"그 옛 같은 곳에 오 년 동안 처박혀 있다가 세상에 나왔는데, 글쎄 나와 인연을 끊어버린 자식 놈이 나도 모르게 결혼까지 해서 손녀 아이를 기르고 있었다. 그 꼬마애가 나보고 할아버지, 이렇게 한마디를 하니까……. 후… 아들놈한테 이십 년이 넘는 세월 동안 쌓이고 쌓인 애증이 모두 사라져 버렸다. 평생 동안 해결할 수 없다고 생각했었는데……. 그 말 한마디에 흔적조차 남기지 않고 없어졌어."

"……."

"나를 아버지라 부른 적이 없는 그놈의 마누라가 나보고 아버님이라 부르지, 그놈 딸이 나를 할아버지라 부르지……. 그놈이 버티고 배겨? 결국, 아버지 소리가 입 밖으로 나왔다. 하아, 갑자기 잃을 것이 너무 많아졌어. 나도 늙었지, 지랄 맞을."

"……."

"피월려. 나를 죽여도 좋다. 그 대신 하나만 약속해라. 내 아들하고 손녀 목숨은 지켜내."

피월려는 몸을 부르르 떨면서 피가 날듯 아랫입술을 깨물었다.

"그래서… 그래서 내게 다 말해준 것이오?"

좌추는 허무함이 감도는 미소를 지었다.

"나는 가도무가 나에게 이 일을 부탁했을 때부터 이미 깨달았다. 어차피 나는 죽은 몸이란 것을 말이다. 게다가 그놈은 취미로 내 아들과 손녀까지도 죽일 수 있는 놈이다. 천살성에게 살인은 이유가 없지."

"……"

"약조해라, 내 자식놈의 가정을 지키겠다고."

"개수작 부리지 마시오."

"내 모든 것을 자식놈에게 남겼어. 마지막 하나까지 다. 나는 이제 내 생명에 미련이 없다. 내가 반발하지 않고 순종했으니 가도무도 내 가족을 건들지는 않겠지만, 그래도 혹시 몰라 부탁하는 것이다. 아마 네가 할 일은 별로 없을 것이야. 그냥 조금만 도와주라는 말이다."

"……"

피월려는 침묵했으나, 그의 표정에 들어나는 감정까지 막지는 못했다. 평생을 도둑으로 살며 눈치로 생명을 연맹한 좌추는 충분히 피월려의 마음을 읽을 수 있었다.

좌추는 비웃음을 흘렸다.

"클클클. 역시 내 판단이 맞군. 네놈은 정(情)에 약한 놈이야! 외강내유(外剛內柔)! 으흐흐. 사정을 알고 나니 가만있지 못하겠지? 네놈은 약조를 지킬 것이야, 그렇지 않나?"

피월려의 미간이 꿈틀거렸다.

"난 하겠다고 한 적 없소."

"안 하겠다고 한 적도 없지."

"……."

"해주게."

피월려는 입술을 살짝 깨물고는 고민했다.

꼭 그런 일까지 해야 하나?

너무 많은 짐이다.

그는 곧 고개를 저으며 말했다.

"사정은 딱하나, 그런 일까지 내가 할……."

콰득!

잘려진 혓바닥에서 피거품이 일어나 좌추의 입가에서 뿜어
졌다. 너무나 순식간이라 피월려는 좌추의 자결을 막을 수 없
었다. 피거품이 일어나는 추한 입가에 미소를 그리는 것으로
좌추는 생을 마감했다.

피월려는 좌추에게서 시선을 돌릴 수 없었다.

마음속 깊은 곳에서 울컥하는 무언가가 그의 눈동자를 고
정시켰기 때문이다.

그는 양 주먹을 부서지도록 강하게 쥐며 씹어 내뱉듯 나직
하게 말했다.

"개 같은… 나보고 어쩌자고 가도무를 상대하라는 거요?"

죽은 좌추는 대답하지 않았다.

"이대로 죽어버리면 내가 부탁을 들어줄 거라고 생각했소?"

죽은 좌추는 대답하지 않았다.

"씨발… 어쩌자고 이런 개 같은 무림에 발을 들였는지……."

죽은 좌추는 대답하지 않았다.

"무림… 큭큭큭. 무림이라… 크하하!"

피월려는 대답 없는 좌추를 보며 광소를 터뜨렸다.

*　　　　*　　　　*

"피 대원! 피 대원! 괜찮으십니까? 피 대원!"

피월려는 주하의 목소리에 감긴 눈을 서서히 떴다. 차라리 죽는 것이 낫겠다 싶을 정도로 고통스러웠지만, 어딘가 모르게 포근한 기운이 그의 전신을 감싸 안는 것 같아 견딜 만했다. 그리고 그 기운은 그의 찢긴 목덜미와 너덜너덜한 왼손, 그리고 아작 난 골반에 집중되어 그의 몸을 치유하고 있었다.

피월려는 기감을 동원하여 그 기운의 중심을 따라 올라갔다.

'마검인가?'

피월려는 고개를 살짝 숙여 오른손에 쥐어진 마검을 보았다. 그 마검에서 엄청난 양의 양기가 뿜어져 그의 몸속으로 들어와 극양혈마공을 극대화시키고 있었다. 마기는 사람을 미치게 하고 두렵게 하는 기운이지만, 역혈지체를 이룬 마인에게는 생기를 북돋아주는 하나의 후천지기와도 같기 때문에, 그가 포근하게 느낀 것이다.

"피 대원? 정신이 드십니까?"

주하의 다급한 목소리에 피월려는 조용히 대답했다.

"몸을 움직이지 못하는 것을 빼면 생각보다 괜찮은 것 같소. 그런데 얼마나 시일이 지난 것이오?"

"반각도 지나지 않았습니다. 그런데 그런 엄청난 상처를 입고 어찌 이리 멀쩡하게 살아 있을 수 있습니까? 극양혈마공 외에 어떤 특별한 내공을 익히신 것입니까?"

"아마… 이 마검 때문인 듯하오."

주하는 그제야 피월려가 들고 있던 마검에 시선을 주었다. 그 마검의 모든 마기는 피월려의 육체가 흡수하고 있었기 때문에, 겉으로 드러난 마기는 전혀 없었다. 따라서 주하도 지금까지 그리 큰 관심을 두지 않은 것이다.

주하는 눈을 동그랗게 뜨며 물었다.

"마검? 이 마검이 무엇인데 그런 것입니까?"

피월려는 다시 눈을 감으며 편히 누웠다.

음기(陰記)가 상충(相衝)하여 역화(逆化)하는 수라계(修羅界).

역화 말고는 너무 흔히 쓰인다.

"역화검(逆化劍)이라… 나쁘지 않군."

"네?"

"아무것도 아니오."

피월려는 걱정하는 주하를 내버려두고 잠을 청했다.

그는 곧 곤히 곯아떨어졌다.

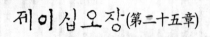

제이십오장(第二十五章)

회복은 놀랄 정도로 빨랐으나, 그렇다고 즉시 움직일 수는 없었다.

경동맥이 뚫리고, 상체와 하체를 이어주는 골반 양옆이 부서졌으니, 제아무리 역화검과 극양혈마공의 강대한 마기라고 할지라도 피월려의 생명을 유지하는 것만으로 벅찼다.

주하가 옆에서 운기조식을 하는 동안 피월려는 높은 가을 하늘을 멍하니 바라보는 것 외에 할 수 있는 것이 없었다.

반 시진이 넘어가고 한 시진이 되자 온몸이 근질거렸지만, 조금이라도 움직이려고 하면 뼈에서 찌릿하는 고통을 맛봐야

했다.

다행히도 마기의 영향 때문인지 움직이지만 않는다면 고통은 느껴지지 않았다.

한가로운 공터에 가만히 누워 있으니 졸음이 쏟아질 만도 하건만, 피월려의 눈동자는 또랑또랑했다.

마기의 기운이 그의 정신이 수면에 빠지는 것을 허락하지 않았기 때문이다.

딱히 할 것이 없던 피월려는 이번 전투를 눈앞에 그리며 명상을 시작했다.

평소처럼 눈을 감아 검은 시야에 그림을 그리지는 못했지만, 구름 한 점 없는 푸른 가을 하늘은 검은 시야를 충분히 대신할 수 있을 정도로 티끌 하나 없었다.

피월려의 눈앞에 펼쳐진 환상은 낙양흑검에게서 검을 빼앗은 지점부터 점차 뒤로 돌아가며 역순차적으로 이어졌다.

주하를 공중에서 받아 든 일.

십방에서 십검이 쏟아진 일.

다섯을 주먹으로 도륙한 일.

검을 버릴 때 귓가에 희미하게 머문 주하의 욕설을 들은 일.

그녀의 뇌지비응(雷枝飛鷹)을 보고 감탄한 일.

그리고 왕창삼과 축보흡지 고관을 발검술로 제압한 일.

"발검술……."

피월려는 처음 기습할 때 사용한 발검이 바로 광소지천 지명무가 즐겨 쓰던 수법이라는 것을 깨달았다.

낭인 시절, 그의 발검술을 동경하여 몰래 따라 하곤 했었는데, 내력이 받쳐주지 못해 완전히 펼칠 수 없어 포기했었다.

그런데 그것이 머릿속 깊은 곳에 남아 있었는지, 극양혈마공으로 내력을 충분히 얻게 되자 무의식중에 따라 한 것이다.

피월려는 그 발검술이 도저히 뗄 수 없을 만큼 그의 검술에 녹아들었다는 직감이 들었다. 마치 스승님이 가르쳐 준 초식들과 같다.

조진소는 피월려에게 어떤 초식을 가르쳐 줄 때, 그 이름을 알려주지 않았다. 아니, 애초에 초식이라고 말하지도 않았다. 그 이유는 초식이라는 개념 자체를 피월려가 가지는 것을 원하지 않았기 때문이다.

조진소는 피월려가 그 초식들을 '사용한다'라는 판단을 내려 사용하는 것이 아니라 자연스럽게 검술에 녹아들어서 진정한 무형검을 익히는 것을 원했다.

지명무의 발검술도 이름이 있을까?

그런데 문득 피월려의 머릿속을 스치는 것이 있었다.

"왕창삼… 그자는 어떻게 되었지?"

발검에 대해서 고심하느라, 왕창삼에 관한 점을 생각하지 못한 피월려에게 아차하는 마음이 들었다.

그의 머릿속에 남은 여러 기억의 파편 중에는 멀리 떨어진 곳에서 누군가 왕창삼의 목을 지혈하는 장면이 확실히 있었기 때문이다.

그 뜻은 왕창삼이 죽지 않았다는 것이고, 따라서 이번 일의 후환을 남겼다는 것이다.

피월려는 고통을 무릅쓰고 고개를 돌려 주위를 살폈다. 범인이라면 속을 게워낼 만큼 역겨운 모양새의 시체들이 아무렇게나 나뒹굴고 있었는데, 역시 왕창삼의 것은 찾을 수 없었다.

얼굴이 심하게 뭉개지거나 목이 없어 정확하게 확인할 수 없는 시체도 더러 있었지만, 피월려는 그 시체 중 왕창삼이 없을 것이라는 확신이 들었다.

피월려는 얼굴을 잔뜩 찌푸렸다. 으스스한 한밤중 밖에 앉아 있다 보면 왠지 귀신이 뒤에 서 있을 것 같은 께름칙하고 뒤숭숭한 기분을 느끼게 되는데, 딱 그 느낌이 등골에서부터 싸하게 퍼졌기 때문이다.

고금을 통틀어서 시대마다 천하제일이라 불렸던 극강의 고수들은 한 가지 공통점을 가지고 있었는데, 바로 원한을 통해서 그 자리를 이룩했다는 점이다.

복수심이 인간에게 가져다주는 힘은 그 누구의 예상도 뛰어넘을 정도로 강력하다. 실제로 역화검에 깃든 이 엄청난 마기 또한 무공도 모르는 한 대장장이의 복수심에 의해서 탄생한 것이 아니던가? 왕창삼의 복수심 또한 그를 다른 경지로 이끌 것이다.

"귀찮은 적이 생겼군."

생명을 장담할 수 없을 만큼 귀찮아질 것이다.

"뭐가 귀찮다는 것입니까?"

뜬금없는 반문에 피월려는 시선을 돌려 주하를 보았다.

"오, 운기조식을 끝내셨소?"

"막 끝냈습니다. 그런데 귀찮은 적이라니 누굴 말씀하시는 겁니까?"

"신경 쓰지 마시오. 그냥 독백이었소."

주하는 팔짱을 끼고 피월려의 머리맡으로 걸어왔다. 그녀의 표정에는 상당한 언짢음이 자리 잡고 있었다.

"그것도 명입니까?"

미묘하게 불만이 섞인 목소리였다. 의문을 느낀 피월려는 질문했다.

"무슨 뜻이오?"

"신경 쓰지 말라는 그 말, 명이냐고 물었습니다."

"그런 건 아니오만… 혹시 내게 하고자 하는 말이 있소?"

"없습니다. 단지 피 대원께서는 제게 숨기고 싶은 것이 많아 보이기에 하는 말이었습니다."

불만이 있는 것이 확실했다.

피월려는 잠깐 주하의 입장에서 생각을 해보았고, 곧 그녀의 불만을 눈치챌 수 있었다.

"혹여, 내가 낙양흑검이 가도무가 아니라는 정보를 말하지 않았던 것에 대해서 화가 난 것이오?"

"......"

주하는 침묵으로 긍정했다.

주하도 바보는 아닌지라, 죽은 낙양흑검이 가도무가 아니라는 것을 충분히 눈치챌 수 있었다.

양강의 무공을 익힌 자의 체구라 하기에는 너무 왜소했고, 천살지장이라는 별호에 어울리지 않게 지공과 장공을 단 한 번도 사용하지 않았다. 그리고 결정적으로 천마급의 마인은 지마급의 피월려가 그리도 쉽게 제압할 수 있을 정도로 약하지 않다.

피월려는 한숨을 툭 하고 내쉬었다.

"그것은 미안하게 생각하오. 하지만, 확신이 없는 정보라 함부로 확정 지어 말할 수 없었소."

주하는 기가 막힌다는 듯이 콧소리를 내었다.

"확신이 없어서 그리도 자신만만하게 낙양흑검을 상대한 것입니까? 피 대원께서는 낙양흑검과 격돌한 순간까지도 제가 그 진실을 눈치챌 만한 어떠한 단서도 제공하지 않았습니다. 끝까지 낙양흑검이 가도무라는 식으로 이야기하셨습니다. 그 뜻은, 의도적으로 그 진실을 숨겼다고 볼 수밖에 없습니다. 그리고 애초에 이번 일의 목적은 백운회의 잔존 세력을 말살하는 것. 따라서 낙양흑검과 부딪칠 일은 피 대원께서 아까 말씀하신 것처럼 계획에 없었겠지요. 그 의미는 이 일이 정상적으로 끝났다면 저는 지금까지도 사실을 알지 못했을 것이고 피 대원께서는 지금까지도 제게 거짓을 말했을 것입니다. 아닙니까?"

"……"

피월려는 꿀 먹은 벙어리처럼 아무런 말도 할 수 없었다. 주하의 말은 조금도 틀리지 않았고, 그녀가 화가 난 이유 또한 충분히 이해할 수 있었기 때문이다.

믿을 수 없는 상대와 항상 같이 행동한다면 목숨이 위태로워지는 것은 시간문제다.

주하는 격양된 목소리로 말을 이었다.

"아까 전투 중에도 말씀드렸지만, 이런 식으로 계속 행동하신다면 전 피 대원에게 도움을 드릴 수 없습니다. 본 교에 정식 절차를 밟아 입교하여 즉시 제일대에 배속되는 정도의 고속 승진을 하셨지만, 정작 피 대원께서는 아직도 천마신교를 본교(本教)가 아닌 타교(他教)로 생각하시는 듯합니다. 자기 자신 외에 모든 타인을 적을 삼는 낭인 시절의 버릇을 버리지 못하신다면, 천마신교뿐만 아니라 한 무리에 섞이는 것조차 불가능하실 겁니다. 그리고 제아무리 입신의 경지에 오른 고수라 할지라도, 독불장군은 절대로 무림에서 생존할 수 없습니다. 황룡검주의 일을 잊으신 겁니까?"

피월려는 주하의 추궁에 뭐라 반박하고 싶었다. 그러나 그의 변명은 주하에게 절대로 통하지 않을 것이라는 생각이 들어, 조용히 말을 삼켰다.

주하는 태어날 때부터 천마신교에서 자란 태생마교인이다. 그리고 평소 언행을 들어보면 천마신교에 대한 충성도가 매우 높았다. 그런 인물에게 피월려가 뭐라 변명할 수 있을까? 수차례 천마신교에 이용당했던 점을 말할 것인가? 아니면 극양혈마공과 진설린이라는 족쇄를 채운 일을 말할 것인가?

다 부질없다.

그 어떠한 말로도 주하를 설득할 수는 없다.

피월려는 속내를 감추고 조용히 말했다.

"그것은 미안하게 생각하오. 하지만, 내가 주 소저를 무시하거나 천마신교를 타교로 생각해서 그 진실을 이야기하지 않은 것이 아니오. 거친 낭인 시절에 몸에 베어버린 습관이라 나도 모르게 그리한 것이오."

"그 습관 때문에 제가 죽을 위기에 처할 수도, 피 대원이 죽을 위기에 처할 수도 있습니다. 전 이제 피 대원의 감시자가 아닌 전속대원(專屬隊員)입니다. 이 사실을 잊지 않으셨으면 합니다."

피월려는 마음속으로 쓸쓸한 미소를 지었다.

"알겠소."

그의 말이 끝나자 주하는 굳은 표정을 풀었다.

피월려는 그 얼굴을 보고 진심으로 미안함을 느꼈다.

하지만, 어쩌겠는가. 사실이 그런 것을.

피월려가 천마신교를 완전히 받아들일 때까지는 주하의 생각보다 훨씬 오랜 시간이 걸릴 수밖에 없다. 그런 피월려의 속마음을 모르는 주하는 한동안 묘한 눈길로 피월려를 내려다보았다.

이유를 알 수 없었지만, 그녀의 눈빛은 매우 순수해 보였다.

피월려는 따뜻한 목소리로 농을 건넸다.

"그런데, 전에는 전속대원이 아니라 협력자라고 하지 않았소?"

"예?"

"그 주 형이 전속대원이냐고 물었을 때, 협력하는 사이일 뿐이라고 했던 것 같은데……."

"......."

당황한 주하는 말을 하지 못했다. 피월려는 그녀를 더 골려 주고 싶었지만, 미안한 일도 있고 하니 적당히 멈추기로 마음을 먹으며 너털웃음을 지었다.

주하는 천마신교에서 길러진 살수치고는 너무 순수하다고 생각되는 면들이 가끔 눈에 보인다. 이십 대 초반의 나이에는 도저히 이룩하기 어려운 경지까지 암공을 익힐 정도로 많은 시간을 수련에 쏟았으니, 다른 면에 때가 묻지 않은 것일 것이다.

아마 그래서 천마신교에서도 그녀를 피월려의 전속대원으로 배속했을 것이다. 무공만 고강하지, 세상을 잘 모르는 어수룩한 살수에게 조금이나마 세상을 익히라는 하나의 교육방법으로 말이다.

그리고 보면, 제이대는 모두 여인이라 했다. 그리고 피월려가 본 시비는 모두 젊은 여인이었다. 그 뜻은 제이대가 주하처럼 오로지 암공을 익히며 전문적으로 양성된 젊은 여살수라는 것이다.

즉, 천마신교에서는 적당한 무위를 갖춘 젊은 여살수를 각 지부에 보내 세상에 대해서 교육한다. 그중에서도 실력이 특출한 주하는 그 실력에 맞게 지마급 고수인 피월려에게 전속된 것이다.

피월려는 이런 탄탄한 제도 하나하나가 천마신교로 하여금 천 년의 역사를 유지할 수 있는 원동력이 되었다고 느꼈다.

잠시 잡생각에 빠진 터라 피월려는 한동안 아무런 말도 없었고, 주하는 조금 초조한 목소리로 말했다.

"저, 피 대원. 거동이 불편하시면 마조대에 구조를 청하는 것이 좋겠습니다. 오래 걸리지 않을 테니 잠시 여기서 기다려 주십시오."

"그러는 것이 좋겠소."

주하는 고개를 끄덕이고는 그 길로 피월려의 시야에서 사라졌다.

홀로 남은 피월려는 푸른 하늘을 도화지 삼아 다시금 영상을 그려내기 시작했다.

검을 버리고 극양혈마공을 극성으로 끌어 올렸던 그 찌릿찌릿했던 감각은 아직도 육체 곳곳에 남아서 날뛰는 것 같았다.

역화검에서 스며든 마기가 동조하여 회복에 쓰이지 않았다면 아직도 그것을 잠재우는 데 꽤 애를 먹었을 것이다.

피월려는 그 기분을 여러 번 느꼈던 적이 있었다.

처음은 역혈지체를 이루고 극양혈마공을 익혔을 때다.

그때는 용안이 미숙하여 새로 들어온 마기와 상충하고 있었다. 불안정한 정신 위에 쌓인 내공은 당연히 불안정할 수밖에 없었고 기녀 예화의 갑작스러운 죽음이 기폭제가 되면서 마기에 완전히 이성을 잃어버려 괴물처럼 변했었다.

경공(輕功)도 보법도 없이 숲속을 내달리다가, 무작정 무영비주에게 달려들어 처참하게 깨졌던 그때의 기억은 정신을 차림과 동시에 도통 어떻게 그리되었는지 까마득하게 잊어버렸었다.

그러나 하오문 및 백운회와 일전을 벌이면서 마기의 폭주를 의도적으로 끌어내자, 그때 있었던 기억의 파편들이 머릿속에서 새록새록 짜 맞춰졌다.

그 기분을 다시 한번 맛보게 되니, 머릿속 깊은 곳에서 잠을 자고 있던 기억이 되살아난 것이다.

그때와 다른 점이 있다면 지금은 미숙한 용안이 아닌 성숙한 용안을 깨우친 상태라는 점이다. 직시의 끝자락에서 투시로 올라선 용안은 극양혈마공이라는 희대의 마공조차 어린아이 다루듯 잘 보조했다.

전에는 우악스럽고 거칠게 지배하려 했다면, 지금은 부드럽고 지혜롭게 지배했다.

피월려는 그 둘의 차이점을 어렴풋이 이해했으나 명확하게 말로 설명할 수는 없었다.

그래서 그것에 관해 조금 깊게 고심하며 심공과 내공의 보다 깊은 조화에 대해 연구했다.

하지만, 시간은 그의 편이 아니었다.

마치 백지의 끝에서부터 먹물이 젖어들어 차츰 종이를 오염시키듯, 푸른 하늘의 일렁이는 천기가 흑색의 마기에 의해서 점차 일그러지기 시작했다. 하늘의 기운에도 영향을 미치는 그 거대한 마기를 앞에 두고, 피월려는 태평하게 명상이나 하고 있을 수는 없었다.

하늘에 영향을 미칠 정도의 마기.

그것은 곧 천마급이란 말이다.

피월려는 설마 가도무가 이곳에 온 것이 아닌가 하고 생각했다.

느낌으로는 주하가 떠난 지 채 반각도 지나지 않았기에 벌써 마조대를 데리고 왔을 리 만무하니, 지부의 인물은 아닐 것이기 때문이다.

그는 정확한 시간을 알기 위해서 눈길을 돌려 태양의 위치를 확인했다. 그런데 그의 예상보다 태양은 훨씬 서쪽으로 기울어져 있었다. 적어도 주하가 떠났던 그 시점에서 반 시진은 지난 것이 확실했다. 아마 깊은 생각을 했던지라, 시간 감각이 마비되어 반 시진이 지난 것을 반각이라 착각한 것이 분명했다.

피월려는 조금 안심이 되는 것을 느꼈다.

이렇게 애매한 시간이 흐르고 가도무가 갑자기 튀어나올

가능성은 적었기 때문이다. 그렇다면 주하가 천마급의 고수를 데리고 왔다는 것인데… 서화능은 절대 이곳에 직접 올 만한 위인이 아니다.

피월려는 나직하게 물었다

"교주님이십니까?"

말이 끝나자 누군가 손뼉을 치는 소리가 피월려의 귓가에 울렸다. 짝짝하는 그 소리는 겉은 부드럽지만, 속이 단단한 물질이 낼 법한 공명음을 내포하고 있었다.

혈수마제 성음청은 혈수라 부르기에는 너무나도 매끈하고 희끗희끗한 양손을 깍지 끼며 대답했다.

"호오? 딱 한 번 보고는 내 기운의 특색을 익힌 거야? 놀라게 해주려고 발걸음 소리도 안 냈는데?"

그녀의 목소리는 여전히 쾌활하고 젊었다.

"지금 몸 상태가 온전하지 못하여, 제대로 인사드리지 못하는 것을 용서하여 주십시오."

피월려의 말에 성음청은 맑게 웃었다.

"냐하하하! 뭐, 그런 말까지 해. 그런데 생각보다 더 재밌는 꼬락서니를 하고 있네?"

"예?"

"다친 곳도 그렇고 그 검도 그렇고, 그 검의 마기와 네 마기가 조화를 이루는 것도 그렇고 네 몸이 치유되고 있는 것도 그렇고. 흥미진진 덩어리야. 내가 잠깐 봐도 될까?"

"무, 무엇을 말입니까?"

성음청은 왠지 모르게 소름이 돋는 미소를 살포시 지었다.

"뭐긴 뭐야. 네 몸이지. 으흐흐."

피월려가 뭐라 대꾸하기도 전에 갑자기 나타난 백옥의 다리 한 쌍이 피월려의 머리를 넘었다. 그리고 찰나의 순간에 치마 안으로 보인 청색 속바지가 그의 머릿속에 뚜렷하게 각인되었다.

피월려는 눈을 질근 감으며 정신을 차리려고 했는데, 그 와중에 성음청은 허리 양옆에 발을 두고 쭈그려 앉아, 그의 상의를 홀쩍 벗겨 버렸다.

그러자 피와 상처에 얼룩진 그의 탄탄한 상체가 만천하에 공개되었다.

금방이라도 터질 듯이 꿈틀거리는 그의 근육은 미세한 수축과 팽창을 반복하며 그 속에 담긴 힘을 과시했다.

"스으읍."

자기도 모르게 입가에 흘러내리는 침을 손으로 닦은 성음청은 욕망이 번들거리는 표정을 지으면서 씨익 웃었다. 마치 삼 일은 족히 굶은 사람이 진수성찬을 앞에 둔 것과 같은 모습이었다.

성음청은 양손을 뻗어, 피월려의 단전과 심장 부근에 올려

놓았다. 그리고 눈을 살포시 감으며 자기의 내력을 흘려보냈다.

"크흐… 흐흑!"

피월려는 꺼림칙한 외부의 기운이 자기의 육체에 스며드는 것에 대해서 엄청난 불쾌감을 느끼면서 작게 신음했다. 징그러운 벌레가 위장에서 살아 움직이는 것만큼이나 메스꺼운 기분이었다.

하지만, 몸도 제대로 가눌 수 없었고 마기에 대한 통제도 역화검에 빼앗겨 버린 상황이라 그가 할 수 있는 것은 아무것도 없었다.

그저 당하는 것이다.

당할 뿐이다.

당한다.

"으흐흐."

"크흑……."

얼마나 시간이 지났을까? 성음청은 흡족한 표정을 만면에 띠우며 손길을 거두었다.

피월려는 갑자기 전신에 힘이 빠지는 것을 느끼며 맥이 탁하고 풀리는 것을 느꼈다. 그는 거친 숨을 몰아쉬며 고개를 돌려 버렸고, 성음청은 그 모습을 오만하게 내려다보며 한마디 툭 던졌다.

"주제에 저항하기는."

"……."

사실 그가 아니라 역화검이 한 것이지만, 피월려는 그녀를 돌아보며 대꾸할 힘도 없었다.

그런데 한 가지 이상한 점이 있다.

분명히 고개를 돌렸음에도 몸에 고통이 전혀 느껴지지 않았다는 점이었다.

아까 주하와 대화할 때는 살짝 몸을 트는 것조차 뼈가 시렸는데, 아예 직각으로 비틀어도 고통은커녕 뻐근한 느낌조차 없었다.

"헛차! 헛차!"

성음청은 마치 무공 수련을 하고 난 뒤 개운함을 만끽하는 것처럼 서서 기지개를 이리저리 켜더니 곧 어느 한쪽으로 걸어가 버렸다.

피월려는 무의식적으로 그녀를 따라 몸을 일으켜 세웠지만, 구멍 난 경동맥이나 부서진 골반은 잘만 자기 구실을 해내었다.

피월려는 놀란 마음을 진정시키면서 지금까지 확인할 수 없었던 왼손을 들어 보았는데, 걸레짝처럼 되어 있어야 할 그 손은 큰 이빨 자국을 제외하면 별다른 외상도 보이지 않았다.

피월려는 왼손을 접었다 폈다 하며 눈썹을 찌푸렸다. 도저히 이해가 되지 않아 머리가 어지러울 정도였다.

그런데 그런 그의 모습을 별로 탐탁지 않게 생각한 사람이 있었다.

"하! 교주께서 친히 진기를 불어넣어 그 육신을 보존케 했건만, 먼지 같은 네놈 따위가 감히 아무런 인사도 없이 어찌 수수방관하고 서 있기만 한단 말이냐?"

호법원의 원주를 맡고 있는 악누는 천살성답게 그 말 하나하나에도 살기가 스며들어 있었다. 피월려는 자신의 실수를 자각하고는 포권을 취하는 것과 더불어 무릎까지 꿇어 보였다.

푸우욱!

그때 역화검이 그의 앞에 땅속 깊이 깨끗하게 파고들었다. 그 소리에 황당해진 피월려는 고개를 살짝 들어 앞을 보았는데, 서늘한 예기와 가공할 마기를 품은 흑색의 검신이 그의 시야를 일직선으로 가르고 있었다.

피월려는 살짝 오른손을 펼쳐서 역화검을 버리려 했다. 그러나 그의 손아귀에 완전히 붙은 역화검은 마치 그와 원래부터 한 몸이었던 것처럼 떨어질 생각을 하지 않았다.

피월려가 포권을 취하는 와중에도 역화검이 자연스럽게 따라왔고, 그가 무릎을 꿇자 그 끝이 땅속으로 파고들어 그런 광경을 만들어낸 것이다.

어찌 됐든 일단 피월려는 하려고 했던 말을 다시 내뱉었지만, 의구심을 잔뜩 품은 시선을 역화검에서 옮기지는 못했다.

"으, 은혜에 감사드립니다."

성음청은 어이가 없다는 듯한 표정을 지으며 악누를 어깨 너머로 흘겨보았다.

"그렇다고 뭐 검까지 땅에 박아대고 그래? 쟤 좀 웃기지?"

하지만, 악누는 성음청의 말에 동의하지 않는 듯했다. 그는 팔짱을 딱 끼고는 고개를 아래위로 크게 두어 번 끄덕이며 번쩍거리는 안광을 쏟아냈다.

"과연! 과연! 과연! 입교한 지 몇 날 지나지 않았으나, 그 충성심이 태생마교인에게도 뒤지지 않는구나! 이렇듯 자세 하나에서부터 느껴지다니! 포권을 취할 때, 자기의 생명과도 같은 검을 가차 없이 땅에 박는다! 이는 마인으로서 천마신교에 생명을 바치겠다는 희생정신의 표현이 아닌가! 오호라! 내가 왜 진작 이것을 생각하지 못했을까? 교주님! 오늘부터, 모든 마인이 포권을 취할 때는 저와 같은 자세를 취하는 것으로 법을 제정하는 것이 어떻습니까?"

성음청은 고개와 눈꺼풀을 동시에 반쯤 내렸다.

"으이구! 정말로 그렇게 생각하는 것은 아니지? 가뜩이나 본 교는 그놈의 존명 때문에 타 문파보다 열 배는 더 포권을 취하는데 저딴 식의 자세까지 도입해 버리면 본 교의 검이 남아나질 않겠다."

"그런 문제가! 크흠……."

"악 원주는 다 좋은데, 충성심이 너무 강해서 기본을 잊어버리는 게 문제야. 뭐, 천살가 놈들은 다 그렇지만… 어떻게 보면 차라리 혈교인(血教人)이 나아."

"혈교인 같은 광인과 우리를 비교하지 말아주십시오."

"천살가의 천살성은 광인이 아니고?"

"저희는 단순하게 미쳐 있지만 그들은 복잡하게 미쳐 있습니다. 온갖 논리와 사상으로 얼룩져서 낮은 질로 미친 사람들과 우리같이 순수하게 미친 사람들을 어찌 비교한단 말입니까?"

"뭐래……."

피월려는 순간적으로 흑설의 미래가 머리에 스쳐 지나갔고, 그것은 별로 유쾌한 상상이 아니었다.

악누를 보고 있노라면, 흑설을 천살가에 보내는 것이 옳은 선택인가 의심스러워진다.

성음청은 다시 피월려를 돌아보았다.

"네 옆에 있는 저게 낙양흑검이야?"

피월려는 성음청이 고갯짓으로 까닥하며 가리키는 시체를 돌아보았다. 그곳에는 살아 있을 때에 내뿜던 그 광포한 기운은 눈을 씻고 봐도 찾을 수 없는 초라한 남성의 시체 하나만이 누워 있을 뿐이었다.

"예. 맞습니다."

"그냥 확인차 묻는 건데, 가도무는 아니지?"

"예."

"흠……. 육체만 놓고 보면 무공을 익힌 흔적은 전혀 없는데 말이지. 그냥 범인이 네가 가진 그 이상한 마검 때문에 마인이 돼버려 미쳐 날뛴 건가? 그치?"

"저도 그렇다고 생각합니다. 이 마검에 담긴 기운은 역혈지체를 이룬 자가 아니라면 절대로 온전한 정신을 유지할 수 없는 마기가 분명합니다. 저, 그런데 혹시 주하를 보신 일이 있습니까?"

"주하? 암령가 여식 말이야?"

"예."

"걔한테 자초지종을 다 들었으니 내가 여기 온 거지. 이제곧 올 거야. 다른 녀석들도 올 때가 됐는데?"

"다른 녀석들이라 하심은?"

"아… 맞다. 미리 달려온 이유를 설명 안 했네. 연기력이 뛰어나다고 들었으니 어렵진 않겠지. 일단 넌……."

성음청이 뭐라 설명을 시작하려 하는데, 악누가 갑자기 그녀의 어깨를 잡았다.

"교주님 이미 늦었습니다."

"어? 정말? 생각보다 빨리 왔는데?"

피월려는 성음청의 말에 의구심을 품고 있다가, 갑자기 한쪽 숲속에서 엄청난 속도로 튀어나온 무리를 보고 깜짝 놀랐다.

각양각색의 모습을 한 흑룡대 오십 명 전원과 투박한 회색 승려복을 입고 붉은색의 곤봉을 든 이십여 명의 소림파 인물이 피월려는 상상조차 할 수 없는 속도로 경공을 펼치며 다가왔기 때문이다.

흑도의 정점에 서 있는 천마신교의 흑룡대와 백도의 정점에 서 있는 소림파의 무승들이 나란히 경공을 펼치는 광경은 고금을 통틀어서도 열 손가락 안에 드는 해괴한 장면일 것이다.

피월려는 놀란 심장을 다스리며 그들이 다가오는 것을 주시했다. 그런데 승려복을 입은 소림승 중 한 명의 얼굴이 눈에 익었다.

"방통?"

언사의 남문 위에서 수많은 무림인에게 명령을 내리듯 선포하는 광경은 아직도 머릿속에 훤했다.

그는 단 한 사람이었지만, 그의 배경인 소림파가 주는 위엄이 수많은 무림인으로 하여금 낙양흑검의 추살을 포기하게 하였었다.

전에 그는 직접 자기를 십팔나한이라고 소개했었다. 그렇다는 뜻은, 그와 같이 움직이는 20명의 소림파의 인물은 2명을 제외하고 모두 같은 십팔나한일 가능성이 컸다.

피월려가 자세히 보니, 그 무리 중에서 가장 앞서서 달려오는 자는 십팔나한으로 보기에 너무 나이 든 인상을 주고 있었다.

그가 점차 가까이 다가오자, 다른 소림승과는 달리 무언가를 어깨에 두르고 있는 것이 눈에 띄었는데, 피월려는 그것이 자그마한 글씨로 빼곡히 적혀 있는 경문(經文)임을 알아챌 수 있었다.

소림파에서 경문을 몸에 두르고 있을 수 있는 자가 누굴까?

두말할 것 없이 소림 방장(方丈).

금강대승 임진이다.

이 시대의 천하제일 고수를 논할 때면 열 손가락에 빠지지 않고, 무림에 가장 큰 영향력을 미치는 사람을 논할 때면 다섯 손가락 안에 빠지지 않는다. 백도에서는 그 존함을 함부로 부르는 것조차 허용되지 않을 정도로 이 시대를 이끌어가는 거인 중 하나였다.

그런 그가 소림파의 유일한 무력 집단인 십팔나한과 함께 행동하는 것은 천마신교의 교주가 흑룡대와 함께 행동하는 것과 동급이다.

피월려는 평생 보기는커녕 제대로 듣기도 어려웠던 십팔나한과 방장이 그 앞으로 다가오고 있는 이 현실을 믿기 어려웠다.

하지만 현실은 피월려의 마음을 헤아려 줄 의향이 없었고, 그들은 곧 피월려 앞에 섰다.

백도의 뿌리는 단 이십 명에 불과했으나, 그들이 서 있는 것만으로도 오십 명에 달하는 마인의 마기가 안개처럼 사라지고 없었다. 심지어 천기까지 흐리던 성음청의 마기조차 더는 느낄 수 없었다.

광(狂)에서 가공할 힘을 얻는 마(魔)는 모든 것을 무(無)로 되돌리는 중용(中庸)의 힘인 불(佛)을 웬만해선 이길 수 없다. 차분하고 고요한 부동심(不動心)을 근간으로 하는 소림파의 무공 앞에서는 이 세상의 어떠한 마공도 무력하다.

아무리 흑룡대 전원이 오십 명이라고 하나, 십팔나한과 생사혈전을 하여 승리를 장담하지 못하는 부분이 바로 여기 있다.

수적 혹은 질적 우위는 모두 천마신교에 있지만, 마공의 장점이 전혀 먹혀들어 가지 않는 소림승을 상대로는 그 우위조차 우위라 말할 수 있을지 미지수이기 때문이다.

따라서 지금 이 자리는 서로 먼저 선수를 펼칠 수 없는 팽팽한 긴장 상태가 유지되고 있는 것이다.

임진은 성음청 앞에서 합장하는 자세로 섰다.

그는 눈을 살포시 감고 입으로 뭐라 중얼거리고 있었는데, 손으로 염주를 쥔 모습에서 어떤 경전을 되새기고 있다는 것을 알 수 있었다. 그런 그의 모습에서 피월려는 아무런 특별한 점도 느낄 수 없었다.

소림의 방장이니 최소 초절정에 이른 고수가 분명하지만, 단련된 육체를 빼고는 무공을 익힌 흔적조차도 전혀 찾아볼 수 없었다. 그냥 아무 절간에 가도 한 명쯤은 있을 법한 포근한 인상의 승려일 뿐이었다.

그런 그가 경전을 읊던 것을 멈추고 눈을 번쩍 떴다. 동시에 피월려는 숨이 턱 막히는 엄청난 압박감을 느꼈는데, 마치전에 서화능을 처음 봤을 때의 느낌과 비슷했다. 한 가지 다른 점이 있다면 서화능의 눈빛은 온몸을 도려내는 듯했고, 소림 방장의 눈빛은 너무나 눈부신 태양을 정면으로 바라보는 것 같았다.

임진은 다부진 입을 열어 성음청에게 말했다.

"혈수마소 여시주. 왜 이리 앞서 급히 가셨소?"

그의 목소리는 사람의 마음을 안정시키는 묘한 편안함이 녹아 있었다. 그러나 역혈지체를 이뤄 마기를 생기로 삼는 마인에게 있어서는 절대로 편안한 소리로 들릴 수 없었다. 항시 속에서 꿈틀거리며 내력을 공급해야 하는 마기가 완전히 가라앉기 때문이다.

하지만, 천마급 마인 성음청은 아무런 영향도 받지 못한 듯 입꼬리를 틀었다.

"글쎄, 너희가 못 따라온 거지. 평화가 길긴 길었나 봐? 요즘 소림의 기강이 무너진 것을 보니 본녀가 매우 가슴이 아픈 걸!"

"그대의 부하들이 다른 마음을 품고 있지 않은지 염려해서 그대 부하들의 걸음에 맞춘 것일 뿐, 여시주의 경공을 따라오지 못해서 따라오지 않은 것이 아니니 그런 오해는 하지 않으셔도 되오."

"그래? 뭐, 좋아. 방장이 그렇다면 그런 거겠지. 근데 자꾸 이야기하면서 내 눈을 피할 거야? 왜 그래? 하도 불경만 외우다 보니까 대화할 때는 상대방의 눈을 봐야 하는 기본예절을 까먹은 거야?"

성음청의 도발에 소림 방장은 너털웃음으로 받아쳤다.

"하하하. 내 수련이 부족하여 여시주의 미색을 감당할 자신이 없으니 눈을 마주치지 못하겠소. 양해해 주셨으면 하오."

"내 마소를 감당할 자신이 없는 게 아니고?"

"역시 혈수마소이시오. 내 본심을 들켰구려. 그러나 혈수는 내 감당할 자신이 있으니, 이는 반반이 아니겠소? 아미타불."

방긋이 미소 짓는 방장의 말속에 뼈가 있음을 눈치챈 성음청이 아미를 확 찌푸렸다.

혈수마소였던 별호에서도 알 수 있듯 혈수와 마소는 성음청을 대표하는 두 마공인데, 그중 혈수는 난투의 최고봉으로 손꼽히는 천마신교 최강의 수공(手功)인 수수수수(收壽琇手)를 뜻하는 것이며 마소는 사람의 마음을 혼탁하게 만드는 사공(邪功)인 색살살소(色殺薩笑)를 뜻하는 것이다. 따라서 수공은 이길 수 있고 사공은 자신이 없다는 임진의 말은, 한낱 미인계를 제외한 무공 본연의 실력으로는 충분히 성음청을 상대할 수 있다는 자신감을 표현한 것이다.

하지만, 임진이 간과하는 사실이 있다.

만약 성음청이 미인계로 교주가 되었다면 그 누구도 인정하지 않았을 것이라는 점이다. 그 사실을 인지하고 있었던 성음청은 오로지 수공으로만 전대 교주를 물리치며 천마신교 최상의 위치에 올랐는데, 여전히 그 의혹은 마교 내에서 완전히 사라지지 않고 있었다.

마인들의 충성심이 흔들리는 것을 성음청이 용서할 리 없었고, 아무리 너그러운 그녀라 할지라도 그 부분에 대해서 건드리는 자는 천마신교 내에서도 잔인하다 싶을 정도로 처리했다.

그것은 용의 역린을 건드는 금기 사항이다.

악누는 성음청의 어깨가 미세하게 떨리는 것을 보며 마음의 준비를 했다. 이대로 성음청이 분노를 참지 못하고 임진에게 달려든다면 즉시 마기를 모조리 끌어 올려 전투에 대비해야 했기 때문이다.

자칫 잘못하면 전 무림에서 흑백 간의 전쟁이 일어나겠지만, 천살성인 그로서는 별로 그런 것에 관심이 없었다. 아니, 오히려 일어났으면 좋겠다는 생각을 했다.

그러나 그의 바람은 이뤄지지 않았다. 성음청은 한계까지 인내심을 동원하여 분노를 참아내었다. 그녀는 내색하지 않으며 퉁명스럽게 말했다.

"그럼 언제 한번 비무나 하자고. 호호호."

임진은 포권을 취하며 대꾸했다.

"본승 또한 환영이오."

겉으로 말하지 않았으나, 둘 다 그 비무가 절대로 성사되지 않을 것임을 알았다. 그들과 같은 초절정의 비무는 생사혈전이 되게 마련이고, 한쪽이 죽는다면 당연히 전면전으로 번지게 되니 말이다.

성음청은 손을 뻗어 피월려를 가리켰다.

"자! 여기! 낙양흑검이야."

임진은 고개를 돌려 그를 보았다.

마음을 훑어보는 듯한 눈빛이 피월려에게 쏟아졌고, 피월려는 용안의 힘을 동원하여 그 눈빛에 맞섰다.

임진은 나지막하게 말했다.

"흠. 역시 교주가 말씀하신 대로, 마기가 전혀 느껴지지 않는구려."

피월려는 순간 의문이 들었지만, 겉으로 드러내지 않았다. 극양혈마공에 역화검까지 들고 있는 그인데, 마기가 풍기지 않을 리 없기 때문이다.

아마도 성음청이 몸을 치료하며 뭔가 다른 조처를 한 것이 분명했다. 그렇지 않으면 연기를 해달라고 말하지도 않았을 것이다.

성음청은 무슨 이유에서인지는 불명확했으나, 피월려가 낙양흑검인 척하기를 원하고 있다. 피월려는 성음청과 임진의 눈치를 살피며 침묵을 지켰다.

성음청은 어린 소녀처럼 배시시 웃으며 말했다.

"그치? 그럼 이제 내 말을 믿겠지? 우리가 낙양에 온 건 내가 말한 것 외에는 아무런 목적이 없어."

그녀의 밝은 목소리에도 임진은 굳은 표정을 풀지 않았다.

"낙양흑검이 마교와는 아무런 상관이 없다는 것 말이오?"

"응! 정 의심스러우면 가까이 가서 마기를 확인해 봐봐.

본 교의 마공을 익힌 흔적은 눈을 씻고 찾아봐도 없을 테니까."

"아미타불."

임진은 고승의 심오한 눈빛으로 피월려의 몸을 흘겨보았지만 직접 다가오지는 않았다.

임진의 무표정한 얼굴을 빤히 바라보던 성음청은 허리를 숙이며 그를 올려다보았다.

"어때? 내 말이 맞지?"

성음청은 재촉하듯 물었고, 임진은 고개를 끄덕였다.

"내 여시주의 말이 사실인 것은 인정하겠소."

"거봐. 계속 말했잖아?"

"일단 소림에서 마교를 오해한 점에 대해서는 사과하겠소. 그러나 본승은 여전히 마교의 중추 세력이 이 낙양에 머무는 것을 간과할 수는 없소. 흑백 간의 전쟁을 머릿속에 생각하는 것이 아니라면 속히 귀환하는 것을 권고하는 바이오."

"아 글쎄, 반역자를 서둘러 쫓다보니까 나도 모르게 일로 오게 된 거라니까? 우리도 그놈만 잡아 족치면 이런 촌구석에 계속 있을 생각 없어."

임진은 중원에서도 중심으로 손꼽히는 낙양을 촌구석이라 칭하는 성음청의 말에 어처구니가 없었다. 마교인에게는 삼라

만상의 중심이 천마신교이니 낙양이 대도시라 할지라도 촌구석이라 생각하는 것인데, 아마 현 황실이 있는 개봉조차도 촌구석이라 할 것 같았다.

임진은 능글거리는 말투로 일관하는 성음청에게 단호한 목소리로 말했다.

"그것은 마교의 일이니, 소림에서 신경 쓰지 않겠소. 단지 중요한 점은, 적어도 오 일 안에 낙양을 비워주셨으면 한다는 것이오."

"……"

임진의 말이 끝나자마자, 성음청의 고운 이마에서 푸른 핏줄 하나가 툭 튀어나왔다. 임진은 그것을 똑똑히 봤음에도 전혀 반응하지 않으며 말을 계속했다.

"소림의 어르신들께서 모두 모여 긴 토론 끝에 합의하여 내린 결론이니 이것은 협상할 수 없는 것이오. 여시주의 넓은 이해를 바라겠소."

성음청은 소리 없이 웃으며 고개를 푹 숙였다. 그러고는 한숨을 내쉬더니 양손을 허리에 두고 고개를 번쩍 들어 하늘을 올려다보았다.

"아, 이게 보자 보자 하니까……."

"……"

"……"

성음청을 제외한 모든 인물은 각자 자기가 가진 무기에 손을 서서히 뻗었다. 잔잔한 바람만이 공터에 흐를 뿐이었으나, 이 자리에 있는 사람 중 지금이 일촉즉발의 상황이라는 것을 알지 못하는 자가 없었다. 모든 이의 등이 식은땀으로 적셔지고 무기를 잡은 손에 힘이 꽉 들어가며 적아를 살피는 눈동자가 쉴 틈 없이 바삐 움직였다.

오로지 성음청만이 아무것도 모른다는 듯이 아무런 방비도 하고 있지 않았다. 하지만, 그녀의 주 무공은 수공이고 따라서 딱히 할 방비도 없었다. 즉, 마음이 가는 대로 언제라도 출수할 수 있는 것이다.

임진은 자기도 모르게 성음청의 양손에 시선을 두고 눈꺼풀을 깜박이지도 않았다. 그런데 허리에 있던 그녀의 양손이 점차 서서히 위로 올라가는 것이 보였다.

설마 정말로 지금 생사혈전을 원하는 것인가?

임진이 속으로 마음을 다스리는 경전을 쉬지 않고 읊는 사이, 성음청의 양손은 가슴을 넘어 머리 위까지 올라갔다.

그리고 그 양손은 무참하게 그녀의 머리카락을 파고들며 휘저었다.

"으아악! 짜증 나!"

악누는 깊이 들이마셨던 숨을 후하고 내뱉으면서 잔뜩 달궈진 단전을 진정시켰다. 그는 오랜 세월 동안 옆에서 성음청을 모시면서, 귀찮은 일이 벌어질 때마다 머리를 마구잡이로 휘저어놓는 것이 그녀가 평소에 자주 하는 버릇인 것을 잘 알았기 때문이다.

그는 흑룡대주에게 한 손을 흔들며 신호했고, 그것을 확인한 흑룡대주와 흑룡대 전원 또한 모두 기세를 누그러뜨리며 무기에서 손을 뗐다. 그러자 십팔나한과 임진도 모두 점차 자세를 풀었다.

성음청은 침을 딱하고 땅에 뱉더니 잔뜩 구긴 표정으로 임진을 휙 돌아봤다.

"좋아. 닷새 안에 귀환해 주지."

"아미타불."

"그 대신 임진! 우리가 있는 낙양 북쪽 부근에는 닷새 동안 얼씬도 하지 마. 알았어?"

"좋소. 그러나 마교에서 어떤 일을 벌일지는 아무도 장담할 수 없을 터! 소림의 무승을 낙양 도시에 파견하는 것은 불가피한 조처임을 알아두시오."

"원한다면 그렇게 해. 어차피 도시에 들어갈 일도 없으니까. 그럼 이제 된 건가?"

"아직, 한 가지 더 남아 있소."

"쯧! 뭔데?"

성음청은 귓구멍을 손가락으로 후비면서 언짢다는 듯이 입술을 비틀었다. 임진은 눈을 가늘게 모으며 심문하듯 이야기를 시작했다.

"한 달 전부터 보름 전까지, 구룡사봉 중 네 명의 용이 실종되거나 살해당한 일이 있었소. 백도무림에서 중추 역할을 하는 구파일방과 오대세가의 후기지수인 그들이 한 번에 이런 변을 당했다는 점이 참으로 의심스럽소."

"근데?"

"혹 마교에서 이 일에 대해 아는 것이 있소?"

"웃기는군. 네놈들의 후기지수가 어떻게 되든 우리랑 무슨 상관이지? 그리고 그 일에 대해서 우리가 안다 한들, 왜 소림에게 보고해야 하지?"

퉁명스러운 성음청의 말투에 임진은 처음으로 무인다운 살벌한 눈빛을 띠었다.

"그 말뜻은 마교에서 그 참담한 악행을 저질렀다고 볼 수밖에 없소."

"우리가 여기 온 건 이틀 전이야. 근데 보름 전의 일을 왜 우리에게 묻는지, 의도가 뭔지 궁금한데? 네놈들이야말로 우리에게 누명을 씌워서 흑백대전의 대의명분을 얻으려 하는 것으로밖에 보이지 않아."

"소림은 선공하지 않소."

"호호호. 그래, 그러시겠지. 하여간 보름 전의 일은 우리와 상관이 없어. 혹시 모르지, 우리가 찾는 그 반역자가 저지른 일일수도. 그놈이 반쯤 미쳐 있거든. 뭐, 대다수 마인이 그렇지만."

"……"

"하여간 증거가 없으면 들이밀지 마. 그게 너희 백도 애들 법이잖아?"

"아미타불."

"그럼 그만 가도 되지? 자, 가자."

성음청은 양손을 위로 들어 가지처럼 흔들거리면서 살랑살랑거리는 걸음을 내디뎠다. 그러자 악누와 흑룡대는 전쟁에서 승리한 듯한 미소를 얼굴에 띠며 그녀의 뒤를 따랐다. 임진과 십팔나한은 전혀 불제자라고 생각할 수 없는 살기등등한 표정을 애써 숨기며 그들의 뒷모습만 바라볼 뿐이었다.

피월려 또한 성음청의 언변에 감탄하며 걸음을 옮기려 했다. 그런데 임진이 갑자기 굳은살이 가득한 손을 뻗으며 피월려의 앞길을 제지했다.

"시주께서는 어디를 가려는 것인가? 혹 교주와 동행하려는 것인가?"

무심코 천마신교라는 단어가 입술에 떨어지려 했지만, 피월려는 가까스로 그 말을 삼켰다.

성음청은 분명히 피월려가 마교와 연관이 없다고 딱 잡아 말했다. 그 뜻은, 지금 피월려가 성음청을 따라가서는 안 된 다는 것이다. 성음청 또한 피월려가 어떻게 되든 전혀 상관없 다는 듯이, 뒤를 돌아보지도 않고 걸어갔다.

그 모습이 무심하고 야속하기 짝이 없었다.

"……."

아, 또 시작인가.

피월려는 슬퍼졌다.

"나는 어떻게 됩니까?"

"본승이 교주에게 들어 시주의 딱한 사정을 아네. 마검의 유혹을 뿌리치기는 어려웠겠지. 그러나 지금 여기 죽은 무고 한 인물들만 봐도 시주는 천인공노할 악행을 저지른 죄인이 네. 아무리 마검의 영향으로 저지른 것이라 하지만, 그렇다고 그 죄가 사라지지는 않는 것일세."

피월려는 성음청이 무슨 이야기를 지어냈는지는 알 수 없었 지만, 임진의 말에서 자신의 처지를 어느 정도 유추할 수 있 었다. 아마도 운 없이 마검을 집게 된 어리석은 인간…….

피월려가 말했다.

"죽일 겁니까?"

"소림은 인간을 상대로 살계를 열 수 없네. 마기의 영향에 서 벗어나 정신을 차렸으니, 참회동에 들어가 거기서 마기가 완전히 씻길 때까지 참회하며 살아야겠지."

"제가 거부하면 어떻게 됩니까?"

"거부할 수 없네."

"……"

임진은 십팔나한에게 손짓했고, 그중 두 명이 피월려에게 다가왔다.

*　　　　　*　　　　　*

백도무림의 중추 세력인 구파일방과 오대세가에서도 가장 영향력이 큰 소림파는, 중원오악 중 하나로 손꼽히는 하남성 숭산의 소실봉에 위치하고 있다. 많은 사람은 그런 소림파에 소(少) 자가 있는 것에 의문을 품는데, 그 소는 단지 소실봉의 소를 뜻할 뿐으로, 소실봉에서 숲이 우거진 곳에 있었기 때문에 소림파라는 이름을 지니게 된 것이다.

소림파는 언사에서 남쪽으로 대략 백이십 리 정도 떨어진 곳에 있다. 보통 범인이 걸어서 걸리는 시간은 대략 네 시진 정도이며, 발이 빠른 무림인이 경공을 펼치면 반 시진이면 도착하는 거리다. 하지만, 무공보다 불계의 가르침을 받드는 소림의 무승들은 급한 일이 없으면 절대로 경공을 펼치는 법이 없고, 웬만한 일이 없으면 뛰지도 않았다.

피월려는 대화도 잘 하지 않는 무뚝뚝한 무승들 사이에서

장장 네 시진 동안 걸었다. 어차피 경공을 펼치지 못하기 때문에 당연하게 걸릴 시간이었지만, 심심함을 위로할 길이 없어 중간중간 뛰쳐나가고 싶다는 생각이 한두 번 든 것이 아니었다.

무승들은 지독히도 말을 아꼈다. 방장은 두말할 것도 없었다. 어떻게 사람이 네 시진 동안 단 한마디 말도 안 할 수 있다는 말인가. 피월려가 소림파에 도착한 저녁에는, 생애에 손꼽을 만한 생사혈전이라도 치른 듯 매우 피곤했다.

한 치 앞을 가늠할 수 없는 무성한 숲속을 아래로 두고, 우뚝 선 공터에 소림파의 건물이 하나둘씩 나타났다. 그 건물들은 소림파의 긴 역사를 말해주듯 피월려는 평생 단 한 번도 보지 못한 양식으로 지어져 있었고, 원형보다 새로 보수한 곳이 더 많을 정도로 난잡했다.

소림파에는 뚜렷한 경계를 나타내는 외벽이 없는지라, 그 안의 건물들은 마치 하나의 마을을 형성하듯 숲속과 공터에 띄엄띄엄 지어져 있었다. 한 가지 공통점이 있다면 소림파의 그 대단한 위상치고는 매우 평범하다는 사실이다. 그냥 이름 없는 촌락이라 해도 믿을 수 있었다.

간간이 보이는 스님들도 전혀 특별한 점 없이 마당을 쓸고 있거나 경전을 읊고 있었다. 방장과 십팔나한이 지나가자 그들을 향해 고개를 살짝 끄덕이는 것으로 인사를 대신하거나, 혹은 아예 쳐다보지 않는 사람도 있었다.

그것은 여타 문파에서는 상상할 수도 없는 광경이었다. 백도나 흑도나 어디서든지, 가주나 문주의 그림자만 보여도 오체투지를 하는 것이 다반사인데, 이들은 마치 방장이 자기와 동등한 위치의 스님인 것처럼 행동했다. 그 모습에서 피워려는 소림의 가르침은 무엇인가 의문을 품지 않을 수 없었다.

그렇게 한동안 많은 전각을 지나쳤으나, 십팔나한과 방장은 걸음을 멈추지 않았다. 그들이 지금 향하는 곳은 소림에서도 가장 깊숙한 곳에 존재하는 곳으로 밖의 사람들이 쉽게 찾아낼 수 없어야 했다. 그러니 가는 길이 길고 복잡할 수밖에 없었다.

그들은 그렇게 참회동(懺悔洞)에 도착했다.

개방을 제외한 구파일방의 경우, 평화로운 시기에는 뒷짐을 지고 방관하고 있다가 도저히 세상이 감당할 수 없는 극악무도한 악인들이 세상에 나타나면, 홀연히 그들을 제압하고 사라지는 방법을 선호한다. 현실 속에서 태어난 오대세가와는 다르게 현실 세계에서 벗어나고자 하는 이들이 뭉쳐 만들어진 문파이므로 그들은 웬만하면 세속에 관여하지 않으며, 평생 홀로 수련하는 것을 목적으로 삼고 비무를 하는 것조차 꺼릴 정도로 싸움을 좋아하지 않는다.

그런 그들 중에서도 특히나 이상을 추구하는 소림파는 무림에 속하는 문파이면서도 모든 상황에서의 살생(殺生)을 금

한다. 피월려 같은 흑도인들이 보기에는 기가 막힐 노릇이다. 그러나 실제로 그들의 무공은 상대방을 죽이는 것이 아니라 제압하는 것에 특화되어 있고, 그것만으로도 이 무림에서 가장 강력한 문파로 칭송받고 있다.

참회동은, 소림파에서 제압한 마인 혹은 악인을 가두는 일종의 수용소(收容所)다. 소림파는 참회동에서 그들이 세상에서 사로잡은 악인들을 관리한다. 그것이 어떻게 이루어지는지는 세간에 알려져 있지 않았다. 그곳에 들어간 악인 중 탈출한 자가 없었고, 그곳을 관리하는 승려 중 입을 여는 자가 없었기 때문이다.

방장과 십팔나한은 달빛 한 줄기 들어오지 않는 어두컴컴한 한 건물에 그를 들여보내고 문을 닫았다. 아침을 제외하고 두 끼 식사를 거른 그의 배가 꼬르륵거리는 소리를 지속적으로 내는 것을 제외하면, 건물 안은 세상과 단절된 것처럼 고요했다.

용안은 근본을 보는 눈이다. 아무것도 보이지 않는다면 무용지물일 수밖에 없었다. 바로 눈앞에 벽이 있어도 알지 못할 정도의 암흑 속에서 피월려는 두 손을 뻗어 앞을 더듬더듬거리며 나아갔다. 오른손에 붙어버린 역화검은 그의 좋은 지팡이가 되어 바닥을 확인시켜 주었다.

"오랜만에 입동이군."

예기치 못한 사람의 말이 침묵 속에서 피월려의 귀를 강타했다. 설마 사람이 있을 것이라고는 짐작조차 하지 못한 피월려는 어깨를 들썩일 정도로 놀랐다.

"누, 누구시오?"

"나 말인가? 본승은 살계승(殺戒僧)이네."

단어 하나하나마다 숨을 섞은 느릿한 말투가 암흑 속에서 피어났다. 혀와 입술을 제대로 움직일 수 없을 정도로 나이가 많은지, 주의 깊게 듣지 않으면 알아들을 수 없을 정도로 발음이 부정확했다.

그러나 전 방향에서 울리는 듯이 소리를 내어 자신의 위치를 완전히 감추는 솜씨는 결코 만만하게 볼 수 없었다. 피월려는 살계승의 위치를 소리로 파악하는 것은 도저히 불가능하다고 느꼈다.

피월려가 물었다.

"이곳이 참회동이오?"

그러자 살계승은 느릿하고 부정확한 말투로 대답했다.

"참회동은 이곳 지하에 있지. 여기는 십계각(十誡閣)이네. 참회동에 들어가는 죄인들의 죄를 가늠하는 곳이지."

"십계각이라 함은 어르신 말고도 아홉 분이 더 있겠군."

"오호라, 지혜가 있는 죄인이로군. 그렇다네. 나 말고도 투계승(偸戒僧), 망어계승(妄語戒僧), 기어계승(綺語戒僧), 음계승(淫戒

僧), 주계승(酒戒僧), 악구계승(惡口戒僧), 탐계승(貪戒僧), 진욕계
승(嗔欲戒僧), 그리고 마지막으로 치계승(痴戒僧)이 있네. 소림
에서는 우리를 십계십승(十誡十僧)이라 부르지. 그것을 예상하
다니 내가 치계승에게는 잘 말해두겠네만, 어쨌든 지혜에 관
한 부분은 치계승이 알아서 판단하는 것이므로 장담할 수는
없네."

치계승은 어리석음을 경계하는 스님이라는 뜻이다. 피월려
는 그 말에 담긴 의미와 살계승의 말을 연결해서 생각하며 물
었다.

"그렇다는 뜻은, 살계승 어르신께서는 살(殺)에 관한 죄를
판단하시는 것이오?"

"정확하게는 살업(殺業)이지."

"그것을 어찌 알 수 있소?"

"아는 것이 아니네. 보는 것이지. 살업을 볼 수 없다면 본승
이 어찌 살계승이 될 수 있겠나?"

"……"

피월려는 솔직히 비웃으려 했지만, 소림파와 같은 문파에
용안심공에 비견될 만한 심오한 심공이 수두룩하게 있을 수
도 있다는 생각이 들었다. 애초에 심공이라는 것 자체가 소림
과 무당, 화산과 같은 도문 혹은 불문에서 나온 개념이므로
살업을 보는 심공같이 허무맹랑한 심공도 없다고 딱 단정 지

을 수 없었다. 피월려는 아마 용안심공조차도 그가 직접 익히지 않았다면 존재하지 않는다고 생각했을 것이다.

피월려가 침묵하자, 살계승이 먼저 말했다.

"그럼 이제 자네의 살업을 가늠하겠네. 이름을 말해주었으면 하는군."

"내 이름은 피월려이오."

"피월려라. 좋은 이름이군. 그럼 본승이 묻겠네. 죄인은 살인한 적이 있는가?"

피월려는 피식 웃었다.

"정말 몰라서 하는 말이오?"

살계승은 한 치의 변함도 없는 목소리를 유지했다.

"다시 묻지. 죄인은 살인한 적이 있는가?"

"……"

"대답하시게."

"내가 없다고 하면 어쩔 것이오?"

"그러면 없는 것이지."

"그럼 없소."

"살계승은 그 대답을 인정할 수 없네. 다시 묻겠네. 죄인은 살인한 적이 있는가?"

"……"

"있는가?"

"있다고 하기 전까지 언제까지고 물어볼 것이오?"

"진실을 이야기할 때까지겠지."

"……."

"다시 묻겠네. 죄인은 살인을……."

"있소."

"살계를 어겼으니 일업(一業)이네."

"새삼스럽게 무슨… 그러면 나는 이제 참회동에 들어가는 것이오?"

"아니, 아직이네."

이번의 목소리는 살계승의 목소리보다 조금 높았다. 그러나 전 방향에서 울리는 것은 똑같아, 그 목소리의 주인이 어디 있는지 알 수 없었다.

피월려가 물었다,

"십계십승의 다른 어르신인가 보오?"

"나는 투계승이네. 그리고 이미 그대에게서 투업(偸業)을 보았네."

"내가 무엇을 훔쳤다고 그러는 것이오?"

"목숨을 훔쳤지."

"……."

"투계를 어겼으니, 이업(二業)일세."

"지금 그걸 말이라고 하는 것이오? 어이가 없군."

피월려의 불만 어린 질문에는 살계승도 투계승도 아닌 또 다른 목소리가 대답했다.

"죄인에게 어이가 있는지 없는지는 망어계승인 본승이 알 수 없다네. 그러나 망어업이 있는지 없는지는 알 수 있지. 그대는 이미 거짓을 말한 적이 있네. 망어계를 어겼으니 이는 삼업(三業)이네."

"장난이 심하오."

"아니지… 장난이 아니야."

또 다른 목소리가 말하기 시작하자 피월려는 귀를 틀어막고 싶었다.

그렇게 피월려는 일각 동안 노승들의 노리개가 되다시피 농락당했다. 노인들의 언변이 얼마나 뛰어난지 피월려는 이렇다 할 변명도 하지 못한 채, 모든 십계를 어긴 죄인이 돼버렸다.

십계십승 중 가장 중후한 목소리를 가진 치계승이 마지막으로 말했다.

"치계를 어겼으니, 이는 십업(十業)이네. 십업을 짊어진 죄인은 참회동의 가장 깊은 곳인 무혈지옥(無血地獄)에 가야만 하네."

피월려는 침을 딱 뱉었다.

"퉤! 그러시겠지."

"무운을 빌지."

"지랄도 정도껏 하는 게 좋아, 이 노망난 땡중들아! 니들이… 어, 어어?"

피월려는 순간 다리가 횅한 것이 온몸에 두드러기가 난 듯 간질거렸다. 마치 갑자기 균형을 잃어버린 것 같은 느낌이었다.

피월려는 이 느낌을 잘 알았다.

"빌어먹을. 무슨 놈의 진법이 이따위야!"

그의 의지와는 상관없이, 피월려는 그렇게 참회동으로 떨어지기 시작했다.

『천마신교 낙양지부』 6권에 계속…

초대형 24시 만화방

신간 100%, 샤워실, 흡연실, 수면실(침대석), 커플석, 세탁기 완비

■ 시흥 정왕25시점 ■

경기 시흥시 정왕동 1742-13 미스터피자 건물 5층
031) 319-5629

■ 강북 노원역점 ■

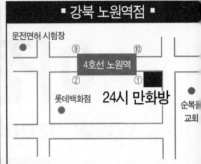

서울 노원구 상계동 340-6 노원역 1번 출구 앞 3층
02) 951-8324 (화용빌딩 3층)

■ 일산 정발산역점 ■

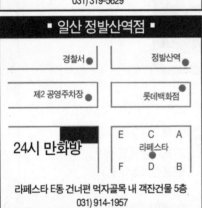

라페스타 E동 건너편 먹자골목 내 객잔건물 5층
031) 914-1957

■ 일산 화정역점 ■

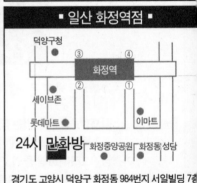

경기도 고양시 덕양구 화정동 984번지 서일빌딩 7층
031) 979-4874 (서일사우나 건물 7층)

■ 부천 역곡역점 ■

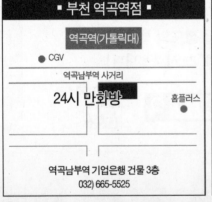

역곡남부역 기업은행 건물 3층
032) 665-5525

■ 부평역점 ■

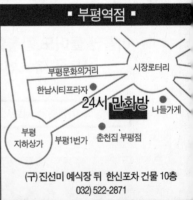

(구)진선미 예식장 뒤 한신포차 건물 10층
032) 522-2871

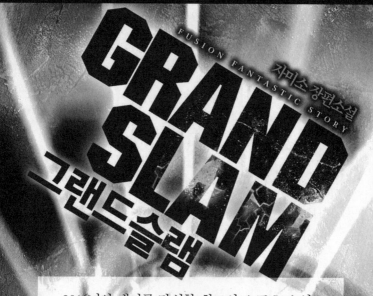

GRAND SLAM

FUSION FANTASTIC STORY

자미소 장편소설

그랜드슬램

2016년의 대미를 장식할 최고의 스포츠 소설!!

Career record : 984W 26L
Career titles : 95
Highest ranking : No.1(387weeks)
Grand Slam Singles results : 23W
Paralympic medal record : Singles Gold(2012, 2016)

약 십 년여를 세계 최고로 군림한 천재 테니스 선수.
경기 내내 그의 몸을 지탱하고 있는 것은…… 휠체어였다.

『그랜드슬램』

휠체어 테니스계의 신, 이영석(32).
그는 정상의 자리에서도 끝없는 갈망에 사로잡혀 있었다.

"걷고 싶다, 뛰고 싶다. …날고 싶다!!"

**뛸 수 없던 천재 테니스 선수
그에게, 날개가 달렸다!!!**

Book Publishing CHUNGEORAM

유형이 아닌 자유추구 -
WWW.chungeoram.com

이계진입 리로디드

임경배 퓨전 판타지 소설

FUSION FANTASTIC STORY

『권왕전생』 임경배의 2015년 신작!

『이계진입 리로디드』

**왕의 심장이 불타 사라질 때,
현세의 운명을 초월한 존재가 이 땅에 강림하리라!**

폭군으로부터 이세계를 구원한 지구인 소년 성시한.
부와 명예, 아름다운 연인…
해피엔딩으로 이야기는 끝인 줄 알았건만
그 대가는 지구로의 무참한 추방이었다.
그리고 10년 후……

"내가 돌아왔다! 이 개자식들아!"

한 번 세상을 구한 영웅의 이계 '재' 진입 이야기!

Book Publishing CHUNGEORAM

GAME BALL

게임볼 설경구 장편소설
FUSION FANTASTIC STORY

무명의 야구인이었던 남자,
우진이 펼치는 야구 감독으로서의 화려한 일대기!

『게임볼』

"이 멤버로 우승을 시키라고?"

가상 야구 게임,
게임볼을 통해 인생 역전을 꿈꾸는

한 남자의 뜨거운 행보에 주목하라!

Book Publishing CHUNGEORAM

유행이 아닌 자유추구-
WWW.chungeoram.com